拙者、妹がおりまして❽

駄月基矢

双葉文庫

目次

主な登場人物

白瀧勇実（二五）

手習所の師匠。唐土の歴史に通じており、漢籍の写本制作も請け負っている。家禄三十俵二人扶持の御家人で、今は亡き父・源三郎(享年四六)の代に小普請入りした。母は十の頃に亡くしている(享年三二)。のんびり屋の面倒くさがりで出不精。

白瀧千紘（二九）

勇実の六つ下の妹。気が強く、兄の勇実を尻に敷いている。機転が利いて、世話焼きでお節介。その反面、自身の色恋となると、なかなか前に進めない。将来は手習いの師匠になりたいと考え、初めての筆子・桐と一緒に奮闘中。

なかなか届かない

なかなか進まない

―― 恋心

- - - - 友情

亀岡菊香（二一）

猪牙船から大川に落ちたところを勇実に助けられた。それがきっかけで千紘とは無二の親友に。おっとりとした物腰で他者に対しては優しいが、自分の身を蔑ろにするようなところも。剣術ややわらの術を得意とする。

矢島龍治（二三）

白瀧家の隣家・矢島家にある剣術道場の跡取りで師範代。細身で上背はないものの、身のこなしが軽くて腕が立ち、特に小太刀を得意とする。面倒見がよく、昔から兄の勇実以上に千紘のわがままを聞いてきた。

矢島与一郎(四七)…… 龍治の父。矢島道場の主。昔からたびたび捕物に力を貸している。
矢島珠代(四四)………… 龍治の母。小柄できびきびしている。
亀岡甲蔵(四九)………… 家禄百五十俵の旗本。小十人組士。菊香と貞次郎に稽古をつけている。
亀岡花恵(四二)………… 甲蔵の奥方。
亀岡貞次郎(一五)…… 菊香の弟。姉とよく似た顔立ち。父の見習いとして勤めに出ている。
お吉(六四)…………………… 白瀧家の老女中。許婚がいる。
お光(六四)…………………… 矢島家の老女中。

イラスト／Minoru

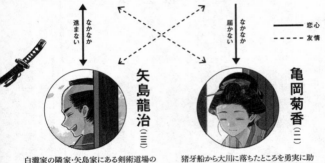

大平将太(一九) …… 生家は裕福な武家医者の家系。千紘と同い年の幼馴染み。かつては扱いの難しい暴れん坊だったが、今は手習いの師匠を目指しながら学問を続けている。六尺以上の長身で声が大きい。

尾花琢馬(三〇) …… 支配勘定。勘定所に勇実を引っ張ろうと、ちょくちょく白瀧家に姿を見せる。端整な顔立ちで洒落ている。元遊び人。兄の不審死の謎を追っている。

岡本達之進 …… 山蔵に手札を渡している北町奉行所の定町廻り同心。年は四〇歳くらい。からりとした気性で町人に人気がある。

山蔵(三六) …… 目明かし。蕎麦屋を営んでいる。年の割に老けて見える。もともとは腕自慢のごろつき。矢島道場の門下生となる。

おえん(三七) …… かつて勇実と恋仲だった。今は岡本の屋敷で暮らしている。

井手口百登枝(六七) …… 千紘の手習いの師匠。一千石取りの旗本、井手口家当主の生母。このところ、病に伏せりがち。博覧強記。

井手口悠之丞(一七) …… 百登枝の孫。井手口家の嫡男。与一郎と龍治に剣術を教わっている。千紘に想いを寄せている。

田宮心之助(二五) …… 矢島道場の門下生で、勇実や龍治のよき友人。近所の旗本の子弟に剣術を教えて生計を立てている。

正宗 …… 心之助の愛犬。手習所や道場の面々にもかわいがられている。

寅吉(一九) …… 下っ引き。もとはごろつきまがいのことをしていたが、てんで弱い。龍治を慕って矢島道場の門下生となる。

酒井孝右衛門 …… 小普請組支配組頭。年は六〇歳くらい。髪が薄く、髷はちんまり。気さくな人柄で、供廻りを連れずに出歩くことも多い。

遠山左衛門尉景晋 …… 勘定奉行。琢馬の上役。勘定所の改革を考えており、白瀧源三郎のかつての仕事ぶりに目を留める。

深堀藍斎(三一) …… 蘭方医。勇実とは学問好き同士で馬が合う。虫が好きで、白太の絵の才を買っている。

勇実の手習所の筆子たち

海野淳平(一二) …… 御家人の子。
久助(一一) …… 鳶の子。筆子のリーダー。
白太(一三) …… のんびり屋で、絵を描くのが得意。
良彦(一一) …… 鋳掛屋の子。筆子の副リーダー。
丹次郎(一〇) …… 炭団売りの子。
河合才之介(九) …… 御家人の子。
十蔵(九) …… かわいらしい顔立ち。
乙黒鞠千代(九) …… 旗本の次男坊。大変な秀才。

拙者、妹がおりまして⑧

第一話　蘭方医《らんぽうい》の領分

一

その朝、白瀧勇実《しらたきいさみ》が布団《ふとん》から身を起こしたとき、右目がほとんど開《あ》かなかった。

眠気を振り払えず、上のまぶたと下のまぶたがすぐにくっつこうとするのはいつものことだ。が、そうではない。

右のまぶただけ、どうにも開かないのだ。

さわらずとも、鏡を見ずともわかった。腫《は》れているに違いない。まぶたも眼球も熱っぽくて重たく、妙に痛痒《いたがゆ》かった。

「ああ、やっぱり昨日より悪くなってしまったか」

勇実は呻《うめ》いた。

久助《ひさすけ》と良彦《よしひこ》が、うわあ、と叫んだ。

「ひどいな！　勇実先生、お化けみたいだ！」

「こういうときは、さわっちゃ駄目なんだぜ！」

久助と良彦、齢十一《よわい》の筆子《ふでこ》の二人は、遠慮なく屋敷に上がり込んで、寝坊助《ねぼすけ》の師匠を叩き起こしに来ていた。それで、勇実の右のまぶたが腫れているのを、真っ先に目にすることになったのだ。

妹の千紘《ちひろ》が、久助と良彦の大声に驚いた様子で、台所から顔をのぞかせた。

「そんな大声を出してどうしたの？　兄上さまが何ですって？」

誰が答えるまでもない。

千紘は勇実の顔を見るなり、筆子たちよりも大きな声を上げ、ぱたぱたと足音を立てて飛んできた。十九にもなって、お転婆《てんば》な振る舞いがちっとも落ち着かない。

「まあ、ひどい腫れ方！　もうっ、だから昨日、夜更かしはほどほどにするように言ったじゃないですか。暗くなってから書見をするせいで、目を痛めてしまうんです。見えなくなったらどうするんですか？」

寝起きで頭が回らないところに、千紘のやかましい声を浴びせられてはたまらない。

勇実は寝巻の襟元《えりもと》を掻《か》き合わせた。

「大げさに騒ぐな。ものもらいというやつだろう。放っておいても治るはずだ」

「本当に？　何かの祟《たた》りや悪い病《やまい》ではないんですよね？」

「ない、と思うが」

勇実は、腫れた右のまぶたを手で覆《おお》った。千紘も久助も良彦も、勇実の右目の様子を確かめようとしてぐいぐいと近寄ってくるが、あまり見られたいものではない。

久助は、その年頃の男の子らしいかすれ声で、いつになく神妙に言った。

「医者にかかったほうがいいんじゃないかな。勇実先生の目がずっとそんなふうだったり、見えなくなったりなんかしたら、おいらたちも困るよ」

良彦もうなずき、意外にしっかりと大きな手で、勇実の肩をぽんぽんと叩いた。

「そうだよ。勇実先生は、もともと目が悪いから、つらそうにしてるだろ。遠くの字が見えなくて、目を細めたりしてさ。もっと目を大事にしなきゃ！」

勇実の手習所には、町人の子も武士の子も通ってくる。久助は鳶《とび》の子で、良彦は鋳掛屋《いかけや》の子だ。二人より年上の子も武士の子もいるのだが、何となく、この二人が筆子たちの頭領格に収まっている。荒っぽいところはあるものの、面倒見がよいのだ。

庭のほうから、ひときわ元気のよい声がした。若い男の声である。どんよりとした梅雨空《つゆぞら》の雲さえ吹き飛ばしてしまいそうだ。

「おはようございます！　勇実先生、朝餉《あさげ》はまだでしょう？　俺も一緒にいいですか？　茶か白湯《さゆ》だけ、もらえたら嬉しいんですけど」

大平将太《おおひらしょうた》である。

千紘とは同い年の幼馴染《おさななじ》みで、近所の御家人の三男坊だ。都合のつく日は勇実の手習所を手伝ってくれているのだが、今日はずいぶんと早い。

久助が、ぱっと立って庭のほうへ行った。

「将太先生、朝稽古は終わったのか？」

「ああ。そろそろやめないと、筆子の皆が来てしまうからな」

「うわあ、でっかい握り飯！　それが将太先生の朝餉？」

「うん。婆《ばあ》やが持たせてくれた。漬物もな。婆やの漬物はうまいんだぞ」

将太の家は代々医者で、かなり裕福だ。家格《かかく》の高い旗本の屋敷へ、駕籠《かご》で乗りつけるような医者である。

そんな家柄に生まれながら医術を学ばなかった将太は、父や兄らとあまりうまくいっていない。

このところ将太は朝から晩まで、勇実の手習所や、白瀧家と境を接する矢島《やじま》家の道場に入り浸《びた》っている。ここにいないときは、中之郷《なかのごう》の旗本屋敷へ若君の手習いを教えに行くか、勇実たちと一緒に湯屋に行っているかだ。

夜遅くになれば、将太も屋敷に帰っていく。婆やが握り飯や漬物を持たせてくれたというのなら、大平家の屋敷にも将太を案じている者はいるのだろう。

勇実は布団から這《は》い出し、右目を手で覆ったまま、庭の将太に声を掛けた。

「おはよう。朝稽古とは元気だな」

「涼しいうちから稽古をするのは、気持ちがいいんですよ！」

白い歯を見せて笑う将太は、着物を肌脱ぎにして、筋骨隆々《きんこつりゅうりゅう》の上体を剝《む》き出しにしている。その肩に久助がよじ登っているのだが、将太はびくともしない。

久助が将太の肩の上で、勇実のほうを指差した。

「将太先生は、医者みたいに怪我の手当てが上手だろ？　目が腫れてるときの治し方も知ってる？」

「目が腫れてる？」

将太はきょとんとしたが、勇実が右目のあたりを隠していることに気づくと、息を呑んで真顔になった。久助を肩に乗せたまま、ずんずんと大股で近寄ってくる。

良彦が勇実の右腕をつかんだ。

「ほら、診てもらいなよ。勇実先生、この手をどけて」

勇実は観念して、右手を下ろした。縁側まで出ていって、将太を見上げて言う。

「大げさに騒ぐほどのものではないと思うんだが、こいつらも千紘も朝っぱらからうるさいんだ」

ちょうど千紘が、勇実と将太のぶんの茶を盆に載せて、台所から出てきた。

「うるさいって、そんな言い方はないでしょう？　わたしたちは兄上さまのことを心配しているんですよ。あ、将太さん、手ぬぐい使ってください」

将太は、ありがとうと礼を述べて手ぬぐいを受け取り、顔や首の汗を拭《ぬぐ》った。

勇実の目元には手を触れず、顔を近づけて、じっとのぞき込む。

「腫れてるのは、まぶただよなあ。たぶん、目頭寄りの、上のまつげの奥だ。眼球そのものは大丈夫そうだが。勇実先生、痛いですか、痒いですか？」

「両方だな。でも、大したことはない。将太の言うとおり目頭寄りのあたりが、まばたきをすると、ちょっと痛む。それよりも、ほとんど右目が開かないのがつらいな」

「ずいぶん腫れてますからね。腫れが引くまでは、無理して目を開けようとしちゃあ駄目ですよ。しかし、昨日はこんなふうじゃなかったでしょう？」

「まあ、うん……いや、実は、目が痒いとか腫れぼったいとか、おかしな感じは、前からあったんだ」

「いつからですか？」

「いつと言われても、どうだったかな」

　良彦が、あっ、と声を上げた。

「一昨日だよ、勇実先生。白太《しろた》が『勇実先生の目が赤い』って言って、十蔵《じゆうぞう》が『目にまつげが刺さってるんじゃないか』ってさ、勇実先生にあっかんべーさせてただろ。まつげは刺さってなかったけど、確かに赤くなってた」

　ああ、と久助も手を打った。すでに将太の肩から降り、将太がするのと同じように、勇実の目元をのぞき込んでいる。

「そうだった、そうだった。白太はよく見てるもんな。誰かの顔色がちょっと赤いとか、舌の色や形がどうだとか。絵師の祖父《じい》ちゃんから、『人の顔を見るときはそういうところにも気をつけろ』って言われてんだって」

白太は十三で、十蔵は九つだ。のんびり者の白太のほうが、ちゃきちゃきとした十蔵に世話を焼かれたりなどしている。

とはいえ、白太もしっかりしているところが出てきて、十蔵が熱を出したときにいち早く気づいたのは白太だった。十蔵が手習所を休んでいる間には、見舞いにも行ったらしい。

筆子たちの話を聞いた将太は、腕組みをして結論を出した。

「勇実先生、今日はまず医者にかかってください。新式の蘭方《らんぽう》医術をきちんと学んでいる医者だったら、目の病を診ることもできるはずなんで。心当たりはありませんか？」

勇実は慌てて言った。

「ちょっと待ってくれ。手習所をほったらかしにして医者に行くのは……」

千紘がさえぎった。

「手習所には将太さんがいるでしょう。それに、今日はわたしも手伝いに行けるわ。だから大丈夫です」

久助と良彦が、ぱっと顔を輝かせた。

「今日、千紘姉ちゃんが手習所に来るの？」

「女の子のところに教えに行かなくていいんだ？　やった！」

千紘は今年に入ってから、近所に屋敷がある御家人の大見《おおみ》家の娘、桐《きり》のところへ、手習いを教えに通っている。千紘にとって初めての筆子だ。

にこりとした千紘は、二人にうなずいてみせた。

「今日はね、わたしの筆子の桐さんのおうちは、大事なお客さまがいらっしゃるんですって。だから、手習いはお休み。兄上さまがお医者さまのところに行っている間、わたしが将太さんと一緒に、皆の手習いを教えてあげるわ」

やった、と久助はまた歓声を上げた。良彦は頬を染めてにこにこしている。

勇実の手習所の筆子たちは、千紘のことを姉のように慕っている。千紘は世話焼きで口うるさいのに、素直でなくなってきた年頃の筆子らも、ちゃんと言うことを聞くのだ。

中には、千紘こそが初恋の相手なのだろうな、と勇実に勘づかせる筆子もいる。家柄も違えば年も離れているので、幼き日の思い出として、ひっそり忘れてしまうような想いではあろうが。

それに、千紘のお相手は矢島道場の跡取り息子である龍治《りゅうじ》だと、手習所の皆が思っている。

いや、千紘と龍治の間でどういう話になっているのか、勇実はよく知らない。が、傍目《はため》にはすっかりそういうふうにしか見えないのだという。ずっとずっと前からだ。

千紘は勇実に湯呑《ゆのみ》を持たせると、しかめっ面で告げた。

「とにかく、兄上さまはさっさと顔を洗って身支度を整えて、お医者さまのところに行ってきてくださいな。今、朝餉を持ってきますから、ぱっと食べてしまってくださいね」

せかせかと歩いていきながら、千紘は女中のお吉《きち》を呼んだ。兄上さまがね、と勇実の様子を告げる口ぶりは手厳しい。千紘は誰に対しても愛想がよくて愛敬《あいきょう》があるのに、勇実だけは例外なのだ。

勇実は茶で喉《のど》を潤した。

「目の病を診る蘭方医か。ああ、そういえば、長崎帰りの深堀藍斎《ふかほりらんさい》どのがいるな」

将太は、ほっとした顔を見せた。

「顔見知りの蘭方医がいるんですね。よかった。もしいなければ、父か兄に紹介してもらおうかと思ってたんですけど」

できることなら折り合いの悪い父や兄とは話したくないと、正直な将太の顔に書いてある。

勇実は、腫れたまぶたのせいでぎこちなく笑ってみせた。

「そこまで将太の手を煩《わずら》わせるわけにはいかない。言われたとおり、ちゃんと医者にかかってくるから、手習所をよろしく頼むぞ」

「はい！」

将太は力強くうなずいた。

勇実が千紘や女中のお吉と共に暮らす屋敷は、本所相生町《ほんじょあいおいちょう》三丁目の北にある。勧進相撲《かんじんずもう》の場として有名な回向院《えこういん》は目と鼻の先だ。このあたりには大小の武家屋敷が立ち並んでいる。

さっさと医者のもとへ行くように、と千紘に再三言われたが、勇実はいくらか時を潰してから屋敷を出た。

おかげで、人通りの多い両国橋《りょうごくばし》も、朝一番の慌ただしい刻限《こくげん》は過ぎていた。

もっと早い刻限には、朝餉のお菜《さい》を商う棒手振《ぼてふ》りや、出職《でしょく》の仕事先に向かう職人が、両国橋を足早に行き交《ゆか》っているものだ。肩がぶつかったのなんのと、捨て台詞《ぜりふ》を怒鳴り合う光景も珍しくない。

「あいうのは、見聞きするだけでも苦手だからな。やはり、慌てるよりもゆっくり行くほうがいいじゃないか」

勇実は日頃から人混みを避けているが、今日はまた別のわけもある。

両国橋を渡って通ってくる筆子と鉢合わせしたくなかったのだ。

道行く他人でさえ、おや、と驚いた顔をする。勇実の右目が腫れているせいだ。ましてや筆子は、勇実が手習所を離れて出掛けるのを不思議に思うだろう。それがこの右目の腫れのせいともなれば、大騒ぎをするに違いない。

降りそうで降らない、何とも言えない空模様《そらもよう》である。いっそ雨が降ってくれれば、傘の陰に顔を隠せるのに、と勇実は恨めしく思った。

「やれやれ。大したことでもないはずなんだが」

勇実はわざと口に出してつぶやいた。

声を出すと、少しは気が晴れるはずなのだ。勇実自身、筆子が沈んだ顔をしているときは、胸の内に抱え込まずに言葉にしよう、と声を掛ける。

「気分がふさぐのは、痛いからではないな。不便だからだ。いや、それ以上に、顔を見ればすぐに病だとわかってしまう。それがこの気鬱《きうつ》の一番の要因か」

勇実は案外、自信家だったのかもしれない。そこそこ見られる顔をしている、という自覚があったようなのだ。それというのも、こんなまぶたでは台無しだ、と思ってしまっている。

「やれやれ」

背中を丸めた勇実は、もう一度つぶやいて、足を速めた。

二

蘭方医の深堀藍斎と知り合ったのは、去年の正月だ。

きっかけは、千紘が妙な男に引っかかってしまったことだった。勇実が友人の尾花琢馬《おばなたくま》と共に、その怪しげな男の後をつけていると、同じ男による迷惑をこうむっている医者の協力を得ることとなった。その医者こそが、深堀藍斎だった。

藍斎との再会は、その四カ月後、ちょうど一年前の夏五月だった。

長崎で蘭方医術を身につけた藍斎は、オランダ式の虫や草花の分類学にのめり込んでいた。特に虫が好きで、珍しい種のものがいれば、たちまち夢中になってしまうという。

藍斎は、町でたまたま見掛けた蝶の絵がきっかけで、勇実の手習所を訪ねてきた。その蝶の絵を描いたのが、筆子の白太だったためだ。藍斎は白太の画力に驚嘆《きようたん》し、蝶の絵を買い取るまでした。

あれ以来、藍斎とはたびたび会っている。藍斎は白太の絵の才に本気で惚れ込んでいる。手習いを終える年頃になったらぜひ仕事を手伝ってほしい、と熱心に白太に頭を下げたりもする。

どんな仕事かと問えば、江戸近郊の野山に生える薬草について、絵を添えた書物としてまとめておきたいという。

白太も藍斎に懐《なつ》いている。というのも、白太が言うには、

「藍斎先生は、お話が上手なの。おいら、急いで話されるとわからなくなるけど、藍斎先生は急がないから、すごくいい」

なるほど確かに藍斎は、理詰めで筋の通った話し方ができる。阿吽《あうん》の呼吸みたいなものを相手に期待せず、すべて言葉にして表すことで、間違いを起こさない。そういう話し方ができるのだ。

それはオランダ語を学んだからだという。オランダ語は日《ひ》の本《もと》の言葉とは文の

造りが違う。そのため、和語からオランダ語に訳すときには、一文に必要な言葉を過不足なく揃えておかねば、文の組み立てがうまくいかないらしい。

　そのあたりの勘どころは、勇実にもわかる。

　勇実が扱うのは漢文で、それはつまり、唐土《もろこし》の古語を礎《いしずえ》とした書き言葉だ。日頃使う和語の話し言葉とは、一文に必要な言葉の種類と数が異なる。

「つまり、異国語を通して身につけた勘どころがあるのとないのとでは、話し言葉の和語を扱う場合においても、違いが出てくるものなのかもしれない。そこでの気づきはおそらく、和語とはどんな言葉なのかを解することにもつながってくるはずだ」

　勇実はそう結論づけた。興味深いことだと、胸を躍らせながらのことだ。

　が、これを聞かせてみると、千紘には「兄上さまは変なところで気が細かいんですから」と呆《あき》れられた。龍治には「俺にはよくわからねえな」と苦笑された。

　唯一、藍斎だけはまじめな顔をして「ああ、なるほど。それはおもしろいですね」と話に乗ってきてくれた。

「学問に深入りした話をするときは、ひときわ反《そ》りが合う人だ」

　勇実は藍斎について、そう思っている。そして、そんな友を得られたことは幸いだとも感じている。

神田佐久間町《かんださくまちよう》にある藍斎の長屋を訪ねると、運のよいことに、藍斎は部屋にいた。

「珍しいですね。出不精《でぶしよう》の勇実どのがこちらに足を運ぶとは。どうしました？」

勇実は、細く開けていた戸から、するりと中に入った。藍斎に向き直ると、苦笑しながら右のまぶたを指差す。

「このありさまなので、腕の立つ蘭方医に診てもらうよう、妹や筆子たちに言われまして」

「おや、これは見事に腫れ上がっている。まぶたを切ったとか、草の汁が目に入ったとか、何か心当たりは？」

「ありません。一昨日《おとつい》には私の目が赤くなっていると、白太が気づいてくれたんですが、ほったらかしにしていたら、今朝にはこんなになっていました」

藍斎は勇実を部屋に上げると、てきぱきと診療の手筈《てはず》を整えた。

「勇実どのが医者としての拙者を訪ねてきたのは、初めてのことですな。いつもは学問の話ばかりでしょう」

「確かに。しかしまあ、私もたまには怪我をしたり、病にかかったりしますよ。いつぞやお吉が藍斎どのにお話ししていましたが、幼い頃はそれなりによく熱を出していたようですし」

勇実自身はあまり覚えていないことだ。本所に越してくるよりもずっと前、千紘が生まれておらず両親が共に健在だった、勇実のごく幼い頃のことである。

藍斎はかぶりを振った。

「今でも油断は禁物ですぞ。喉から肺にかけて、つまり呼吸を司《つかさど》る臓腑《ぞうふ》がいくらか弱いと診立てております。そういう体に生まれついたのです。その弱みはね、一生涯《いっしょうがい》ついて回りますよ」

「体が疲れているときに風邪をこじらせると、大変な目に遭うかもしれないのですよね。肝に銘じておきますよ」

五年前に死んだ父が、まさにそんなふうにして世を去った。

風邪による高熱で数日寝込み、何だか呼吸が苦しいとこぼしていたかと思うと、ぱたりとその呼吸が止まってしまったのだ。

自分は父ほど貧弱な体ではない、と思いたい。父はずいぶん痩せていたし、風邪もしょっちゅうひいていた。

藍斎は、文箱《ふばこ》ほどの大きさの木箱を開けた。勇実が見たこともない形の、金物《かなもの》でできた道具が、きっちりと収められている。

「それが蘭方医術の道具ですか？」

「蘭方の中でも、目を診るための道具ですよ。幸いでしたな。拙者は、金創《きんそう》を縫う外科医術だけでなく、目の病についても長崎で学んでまいりましたから」

藍斎は行灯《あんどん》を二つ灯《とも》した。曇り空の下《もと》で薄暗かった屋内が、ずいぶん明るくなった。

勇実は藍斎の指図《さしず》に従い、仰向けに寝た。藍斎は勇実の頭のそばに腰を下ろし、手元が影にならないよう行灯の位置を整えた。

さわりますよ、と藍斎は一言告げた。勇実がうなずくと、藍斎は指で勇実の右のまぶたをそっと押さえた。

「熱を持っていますな。この腫れ方では、まぶたの内側が見えませんねえ。勇実どの、これから目元で金物の道具を使うので、動かないでくださいよ」

「わ、わかりました」

「そう恐れなさんな。ま、致し方ありませんがね」

「面目《めんぼく》ない」

他人の指が、目のすぐそばにある。恐ろしいが、身じろぎひとつしてはならない。勇実はもちろん藍斎のことを信用しているが、それでも背筋が冷えるような思いだ。

藍斎は、常と変わらぬ飄々《ひょうひょう》とした調子で道具を手に取った。その道具はへらのような形をしており、小さくて薄い。

道具が右のまぶたに触れたと思うと、くるりとまぶたを裏返された。金物の触れているところがひんやりする。

藍斎はぴたりとまぶたを固定したまま、声を上げた。

「おお、これはこれは。すっかり膿《うみ》がたまっていますね。まぶたの内側にいぼのようなものができて、そいつが悪さをしているんですよ。うぅん、どうしようかなあ」

軽い口調で言いながら、藍斎は白い布を勇実の目元に添えた。何をしようとしているのだろうか。まぶたを裏返して固定したまま、藍斎は別の道具を手に取ったようだ。

今の道具は何だろう？　勇実は目を動かして、藍斎の手元を見ようと試みたが、見えない。

藍斎は言った。

「勇実どの、息を吸って」

「あ、はい」

言われたとおりにする。息を吸って、一度息を吐き、もう一度吸う。

「はーい、そこで息を止めて、動かないで」

まるで子供の相手をするときのように、のんびりと柔らかな声で告げると、藍斎はさっと右手を動かした。

その手に握られていたのは、ごく小さな刃物だった。

ちくりとした痛みが走った。膿が噴き出すのがわかった。

勇実が、あっ、と思ったときには、右のまぶたの内側のいぼが、藍斎の刃物によって切られていた。

藍斎は素早く刃物を手放し、布を傷口にあてがった。

「ちょっと痛くしますよ」

膿を出しきるためだろう。何かの道具で、傷のあたりを押さえられた。

確かに痛かった。うっ、と思わず呻く。

藍斎は手ぬぐいを勇実の目元にあてがい、水を垂らした。傷口を洗っているらしい。

「まだ動かないでくださいね。お疲れさまです。痛かったでしょう？」

「びっくりしましたよ。まだ心の臓がどきどきと鳴っています」

「痛いと感じるのも、驚いた弾《はず》みで心の臓がどきどきするのも、まともに体が働いている証《あかし》ですよ。うん、膿はもう出てしまったようですね。血も止まったかな。もともと小さな傷ですからね」

「すぐに治りますか？」

「腫れは二、三日続くでしょうが、こすったり、目に埃《ほこり》なんかが入ったりしなければ、きれいに治るはずですよ。はい、ゆっくり起きてください」

藍斎は、勇実の肩をぽんと叩いた。

勇実は身を起こした。

「今のが、蘭方の手術というものですか？」

「ええ。目の手術は怖いでしょう？　先の尖《とが》った金物の道具が、目の前をちらちらするんですから。勇実どのは素直だから、拙者の言うことにきちんと従ってくれて、おかげで危なげなく手術が終わりましたがね」

藍斎は、いぼの切開《せっかい》に使った刃物を勇実に見せた。かみそりにも似ている。いかにも切れ味がよさそうだ。それが自分の目玉のすぐそばにあったのだと思うと、勇実は改めてぞっとした。

「蘭方の手術は、漢方の薬では治すことのできない病や傷を治すことができるそうですね」

「ええ。肌にできた腫れものだとか、こぶだとか、切って除くことで治せる類《たぐい》の病なら、蘭方の外科手術はきわめて有効なんですよ。まあ、誰でも身につけられる技ではないし、施《ほどこ》す相手も選びますがね」

勇実は自分を指差した。

「私は選ばれた患者というわけですか」

「痛みに強そうに見えますから」

「そんなことはない。痛がりだし、怖がりですよ。刃物で切ったり、針と糸で縫ったりというのは、思い描くだけでも背筋が震えます」

「でもまあ、体力があるから、少々切っても耐えられると思いました。オランダ渡来の医書には、患者に強い酒を飲ませ、正体をなくすほどに酔わせてから、手術をおこなえばよいとも記されています。そっちがお好みでした？」

「嫌ですよ。酒をそんなに飲まされたら、正体をなくす前に、私は吐きます」

　勇実が顔をしかめると、藍斎は笑いながら行灯の火を消した。熱が揺らいで遠ざかった。部屋の中はまた薄暗くなった。

　さーっと音を立てて、驟雨《しゅうう》が降り出した。

　勇実は何気なく、右のまぶたに手を触れようとした。藍斎はそれを引き留め、白い手ぬぐいを裂《さ》いて勇実に差し出した。

「さわってはいけません。この手ぬぐいはきれいに洗ってありますから、これで右目を覆っておいてください。あまりきつく結ばないようにね」

「治るまで、ですか」

「いえ、明日の朝には外してもいいでしょう。今日は決して右目に触れないように。腫れが引くまでは、目を疲れさせるのもいけません」

「目を疲れさせるというのは、読書は？」

「いけませんよ。片目では、字を読むのも書くのも負担になります。特に、こんな雨降りで薄暗い日にはね」

「しかし、それでは何をすればよいのか……手習所のほうも、今日は任せておけと、妹や筆子たちに言われてしまって」

　藍斎は部屋の隅へと膝を進めると、碁盤《ごばん》を持ってきた。

「では、今日のところはゆっくりできるというわけですな。勝負に付き合ってもらえますか？」

「かまいませんが。藍斎どのはお暇なのですか？」

「それはもちろん、暇ですとも。こんな天気では、わざわざ訪ねてくる患者もいませんよ。そもそも拙者のところで診ている患者は、急を要する人はいません。世間話のためにやって来るような人ばかりですからね」

藍斎は手早く囲碁《いご》の支度を整えた。勇実はその間に、右目の上に手ぬぐいを巻いた。

「囲碁は久しぶりです。子供の頃に一時期、夢中になったものですが」

「筆子と勝負することは？」

「そういえば、やったことがありませんね。淳平《じゅんぺい》が囲碁も将棋《しょうぎ》も強いと言っていたかな。算学《さんがく》も得意なんですよ。儒学の素読《そどく》もできる子ですが、ちょっと違ったほうに頭を働かせるのが好きなようで」

「ほう、その子とは話が合いそうだ。商家の子ですか？」

「いえ、御家人の子です。親戚に天文方《てんもんかた》勤めの者がいると聞いたので、算学が得意なのも血筋かもしれませんね」

藍斎は勇実に黒い石を勧めた。勇実はぱちりと石を置く。

「しかし、手習所の師匠は大変そうだ。一人ひとりに合わせて、指南しているのでしょう？　こんがらかってきませんか？」

「初めはめちゃくちゃになりましたよ。ですが、そこは筆子たちのほうがしっかりしていますからね。助けてもらいながら、どうにかやってきました」

藍斎は白い石を置いた。

「白太さんは、今年で十三でしょう？　手習所でいちばん年上なのだと聞きましたが」

「いつの間にか、そうなっていましたね。苦手だった九九も少しずつ覚えることができて、字はほとんど書けるようになった。初めは数をかぞえることすら、おぼつかなかったんです。あの子なりに成長しましたよ」

藍斎は少し笑った。

「勇実どのは、白太さんが数が苦手だとお思いだ」

「苦手なはずです」

「いえ、案外そうでもないんですよ。人とはやり方が違うだけで」

「どういうことです？」

藍斎は楽しそうに目を輝かせている。

「むかでの脚の数、知ってますか？」

「いえ。百の足と書きますが、それよりは少ないでしょう？」

「幾種かいますが、そのあたりをよく這っているものは、二十三対の脚を持っています。つまり、四十六本」

「はあ。なるほど」

「白太さんは、数えることなく、その数を目でとらえることができるんですよ。ちらりと見ただけのむかでを、実に正確に描いていました」

「ああ、それは確かに。白太にはそれができるでしょうね」

藍斎はいきなり、白い碁石をがさりとつかんで畳の上に散らばした。

「こうやって碁石をばら撒《ま》くと、勇実どのや拙者の目では、どこにいくつ転がっているか、すぐにはわかりませんよね」

「ええ、数えることも、すべての場所を覚えることもできません。でも、白太にはそれができる」

「白太さんは、数というものを必要としないのでしょうな。一、二、三、四と数えることなく、十でも三十でも百でも、見ただけでわかってしまう。だから、数えることがなかなか身につかんのでしょう」

　藍斎は、ばら撒いた碁石を拾った。勇実も、膝のそばに転がってきていたものを拾う。つい笑ってしまうのは、嬉しいからだ。

「うちの筆子のことをよく見てくださって、ありがとうございます。そうなんですよ。白太は特に際立っていますが、どの子も秀《ひい》でたところがあり、苦手なことがある。あの子たちは、それをうまく補い合うんです。かなわないんですよ」

「勇実どの、白太さんのことなら心配いりませんよ。白太さんが証文《しょうもん》を書くのが苦手なら、そこは拙者が手伝ってあげたい。白太さんにはぜひ、拙者と一緒に仕事をしてもらいたいんですよ」

「ええ」

「すべて自分ひとりで何でもできる人は、この世にはいません。白太さんを始め、勇実どのの筆子たちは皆、誰かを助け誰かに助けられながら、たくましく生きていけますとも」

「ありがとうございます。私もそれを望んでいます」

　くすぐったい気持ちになりながら、勇実は黒い碁石を置いた。

　盤面はまだまだ余白だらけだ。たまにはこうしてゆっくり勝負をするのもよい、と勇実は思った。

三

手習所の皆で世話をしている朝顔が、今朝は青色の花を咲かせた。去年育てていた朝顔の種を、春先に鉢に蒔《ま》き、今か今かと開花を待ち望んでいたのだ。

尾花琢馬が手習所を訪ねてきたのは、勇実のまぶたの腫れがおおよそ引いた頃だった。藍斎の手術を受けてから三日後の昼時のことだ。

琢馬は一人ではなく、品のよい身なりの老人を連れていた。商家のご隠居といった風体《ふうてい》で中肉中背、顔色は悪くない。にこやかな印象である。

筆子たちは琢馬と老人に元気のよいあいさつをした。

にこやかな顔で筆子たちに応じた琢馬は、冗談めかして勇実に言った。

「ちょっとお邪魔しますね。勇実さんに無理難題を持ってきましたよ」

勘定所《かんじょうしょ》に勤める琢馬は、ちょうど三十の男盛り。きっちりとした侍らしい身なりに、ふわりとまとった麝香《じゃこう》の匂いが洒落《しゃれ》ている。風流を好む粋人《すいじん》で、ひとたび打ち解けると、気さくで付き合いやすい男だ。

無理難題と言われ、勇実は少し身構えた。

「勘定所の件でしょうか？」

初めて訪ねてきたとき、琢馬は勇実に「手習所の師匠など辞めて勘定所に勤めるつもりはないか」と持ち掛けた。

勇実の亡父源三郎《げんざぶろう》は、かつて勘定所のお役に就いていた。人一倍どころではない働きぶりだったようで、源三郎がまとめたり整えたりした資料は、いまだに勤めの役に立っているらしい。

そうした働きをなせる者を、勘定奉行の遠山左衛門尉景晋《とおやまさえもんのじょうかげみち》は手元に置きたいと望んでいる。

遠山は琢馬を使って勇実を調べたらしい。そして、勇実は父の後を継いで勘定所の役人になるべきだと白羽の矢が立った。むろん勇実は困惑した。

今のところ、「手習所の筆子たちの世話をどうするかが決まらないうちは、勘定所への誘いには乗れない」と言って、返事を先延ばしにしている。琢馬も遠山もそれを了承し、この話は曖昧《あいまい》なままだ。

だからこそと言おうか。琢馬が妙な用件を持ってきたらしいと知ると、勇実はつい身構えてしまった。

しかし、琢馬は笑って手を振った。

「違いますよ。そちらの話ではなく、今日は手習いの師匠としての勇実さんに、無理難題を吹っかけようと思いまして。ねえ、善兵衛《ぜんべえ》さん」

琢馬は傍《かたわ》らの老人に投げかけた。

善兵衛と呼ばれた老人は、愉快そうに笑った。

「本人を前にして無理難題とは、琢馬さんも相変わらず口が悪うございますな」

勇実は琢馬と善兵衛を交互に見やった。

「どういうことでしょう?」

善兵衛が名乗った。

「いまづ屋の隠居の善兵衛と申します。いまづ屋は外神田の和泉橋《いずみばし》の近くに店を構えて筆墨《ひつぼく》を商っておりまして、琢馬さんは、やんちゃをしていた昔からのお得意さんなんですよ。歌を詠むための筆や紙には、いつもとことんこだわっていますからね、このかたは」

やんちゃという言い方はかわいげがあるが、琢馬はかつてずいぶんな遊び人だったらしい。身なりも言動も派手だったことは、勇実もいくらかは知っている。

白太は、いまづ屋の名に目を丸くし、ぺこりと頭を下げた。

「祖父ちゃんが、いつもお世話になってます」

白太の祖父は絵師である。琢馬がそのことを補うと、善兵衛もにこにことして、白太に頭を下げた。

「こちらこそ、お世話になっております。うちの筆を使って素晴らしい絵を描いていただいて、わたしどもも鼻が高いのですよ。お孫さんのお噂も耳に入っております」

「孫は、おいらです。白太です」

勇実も遅ればせながら口を開いた。

「いまづ屋さんの評判は私も耳にしたことがありますよ。善兵衛どのが一代で店を大きくされたのでしょう？」

「一応、父の代からの二代なんですがね。いろんな人に助けてもらったおかげですよ。私がほんの子供の頃、父が親戚から借金だらけの店を押しつけられたんです。父ひとり、子ひとりでね、初めは筆を売り歩いていました」

「ご苦労をなさったんですね」

「借金を返すまでに、十年余りかかりましたかね。さあこれからだと意気込んでいた頃、私が十七のときだったんですが、父は朝、起きてこなくてね。眠ったまんまで死んじまってたんです。すでに病を抱えた身ではあったのですが、あんなに呆気ないとは思ってもいませんでした。そこからまた、生きていくために必死でしたよ」

善兵衛は穏やかな口調で語った。

筆子たちも今ばかりは神妙な顔をして、善兵衛の話に聞き入っている。

若き日の善兵衛は必死に働き、店を構え、人を雇った。うまくいかない時期もあったが、少しずつ店を大きくしてきた。

「ずいぶんかかりましたねえ。近頃では、いまづ屋は立派な店構えだと言ってもらえるようになりました。私は今年、六十五でしてな。妻《めと》を娶るのが遅かったので、一人娘はようやく二十。去年、婿《むこ》をとりまして、ようやく店が私の手を離れました」

「では、今はご隠居されて」

「はい。隠居の身となった今こそ、これまでできなかったことをしてみたいと思っています。そこで、顔の広い琢馬さんにお願いした次第でして」

善兵衛は気恥ずかしそうに首をすくめた。もじもじとしてしまい、続きの言葉が出てこない。

水を向けられた琢馬が、代わりに言った。

「手習いをしてみたい、と善兵衛さんがおっしゃるので、こちらにお連れしてみたんです。善兵衛さんは手習所に通ったことがないそうなんですよ。ですので、どうです、勇実さん？」

勇実は目をしばたたいた。

「手習い、ですか？　こちらに通いたい？　しかし……」

筆墨を商う、そこそこ大きな身代《しんだい》の店のご隠居である。幼い筆子たちが学んでいる程度の読み書きそろばんなど、とうの昔に身につけているはずだ。

善兵衛は、苦笑にも見える微笑を浮かべている。

荒っぽい久助が、勇実の背中をぱしんと叩いた。

「わかってないなあ、勇実先生！　手習所に通うってのはさ、何も読み書きそろばんのためだけじゃあないんだよ。だってさ、ここに来たら、みんながいるじゃないか。おっちゃんは、そうやってみんなと過ごしてみたいのさ！」

善兵衛は頭を下げた。

「三日間……いえ、一日でもかまいません。この爺《じい》を手習所のお仲間に加えてはもらえませんか？」

勇実が答えるより先に、筆子たちが歓声を上げた。

「新しい仲間ができたぞ！」

人懐っこい十蔵が、愛らしい顔に笑みを浮かべて、真っ先に善兵衛の手を取った。世話焼きの丹次郎《たんじろう》や淳平は、さっそく天神机《てんじんづくえ》の支度《したく》に取りかかる。

勇実は出遅れたものの、善兵衛に笑いかけた。

「こんなふうにやかましいところでよろしければ、どうぞ。この子たちが言うように、お暇がおありなら、今日の手習いから加わっていかれては」

善兵衛はぱっと晴れやかな顔をして、深々と頭を下げた。

手習いの教本として用いるのは、多くの場合、往来物《おうらいもの》と呼ぶ教訓集だ。往来物は、手紙のやり取りや、父子や師弟の問答《もんどう》を模した形で書かれたものが多い。その言葉の行き来を指して「往来」と呼ぶのである。

武家の子であれば『庭訓《ていきん》往来』、商人の子であれば『商売往来』、大工や鳶の子であれば『番匠《ばんしょう》往来』というふうに、職に応じた往来物が編まれている。勤めや仕事の役に立つ言葉が書かれているのだ。

どの往来物も、子供に読みやすい大きな字でくっきりと書かれ、傍らにはふりがなや返り点が付《ふ》されている。

善兵衛はいちばん後ろの天神机に着いて、『商売往来』と『本屋往来』に目を輝かせた。

「おお、これが本物の！　手に取ってみたかったのですよ。父と商いをしながら、手習所の近くを通るたびに少しだけ足を止めて、往来物を読み上げる声を聞き、覚えてみたりしたものです」

隣の天神机に着いた才之介《さいのすけ》が、善兵衛の手元をのぞき込んだ。

才之介は九つの御家人の子だ。才之介の後輩は八つの嘉助《かすけ》だけなので、うんと年上の善兵衛とはいえ、新入りを相手にするのは嬉しいらしい。

「手習いを教わらなかったなら、字を覚えるのは大変だったでしょう？」

「まったくです。見よう見真似で、どうにか書いていましたがね、きちんとした字を教わったのは、人を雇うことができてからですよ。私より五つ年下の、当時は十六の若者に教えを乞うたんです。帳簿のつけ方も、そのときに教わりましたよ」

「十六というと、私の兄と同い年です。兄も私に学問を教えてくれるんですよ。人に教えるためには自分もよくわかっていないといけないからと、一生懸命に学び直しながら」

年上で雇い主の善兵衛に字を教えるのと、まだ幼い弟に教えるのとでは、意味合いがまったく違う。善兵衛の手習いの師匠となった若者は、肝を冷やしながらのことだったかもしれない。

善兵衛は才之介の話をにこにこしながら聞いている。傍《はた》から見れば、祖父と孫のようだ。

才之介は、善兵衛の『商売往来』を開いてみせると、ごく当たり前のように説明を始めた。

「本文はこんなふうに、商売に使う漢字がずらりと並べてあるんです。上のほうに小さい字で書いてあるのは、日の本にある国の名前なんですよ。ほら、まずは九州です。肥前《ひぜん》、肥後《ひご》、筑前《ちくぜん》、筑後《ちくご》、豊前《ぶぜん》、豊後《ぶんご》、日向《ひゅうが》、薩摩《さつま》って」

「ああ、なるほど」

善兵衛は少し本を遠ざけ、目を細めて紙面を見ている。

「字が小さいですか？」

「こうやって遠ざけたら、ちょうど見えるんですよ。年寄りは不便なものでしょう」

「大丈夫ですよ。勇実先生も目がよくないから、私たちも慣れてるんです。小さくて見えにくい字は、代わりに読んであげますからね」

年寄りの遠目とひとくくりにされてしまい、勇実は苦笑した。

才之介と同い年の十蔵が、ひょいと割り込んだ。

「おいらはそのうちどこかの店に奉公に行くから、『商売往来』の字を教わってるんだ。善兵衛さんと一緒だね。わからないのがあったら、教えてあげられるよ」

「おお、それは頼もしい。よろしくお願いしますね」

「才之介は武家だから、金勘定の言葉はわかんないもんな」

むっとした顔で、才之介は言い返した。

「ちっともわからないってわけじゃないよ。ときどき、取りかえっこしてるだろ」

そうなのだ。勇実をからかうために、筆子たちは各々《おのおの》の本を入れ替えて遊んでいる。勇実がいつ気づくか、気づいたときにどんな顔をするかと、楽しんでいるらしい。

大したいたずらでもなく、怒るほどのことでもないのだが、筆子たちのおもしろがる様子が楽しくて、勇実も乗ってやっている。

滑稽《こっけい》なことに、筆子たちは、もともと自分がやるべき往来物よりも、借り物の往来物で遊んでいるときのほうが覚えがよい。見識《けんしき》を広げる一助《いちじょ》になるのなら、いろいろなものを学ぶことは悪くない。

いたずらでも何でもかまわない。

わいわいとにぎやかに、昼下がりの手習いの時は流れていく。才之介と十蔵は相変わらず善兵衛に張りついている。ほかの筆子たちも代わる代わる善兵衛にまとわりつきに行くから、いつにも増して、にぎやかなこと、この上ない。

ふと善兵衛が皆に問うた。

「こちらの手習所、名前はないのでしょうか？」

その途端、筆子たちは一斉《いっせい》に、じっとりしたまなざしを勇実に向けた。

口火を切ったのは淳平だ。

「私たちは、粋《いき》な名前がほしいと勇実先生に言っているんですけど、勇実先生は面倒くさがって名づけてくれないんです」

丹次郎が指折り数えた。

「日本橋松川町《にほんばしまつかわちょう》にある青義堂《せいぎどう》や、日本橋小松町《こまつちょう》の心花堂《こはなどう》っていうのが、特に格好がいいと思うんだ。銀杏堂《ぎんなんどう》やせせらぎ庵《あん》ってのもきれいだよね。おいらの従兄《いとこ》は、本所緑町《みどりちょう》の長楽堂《ちょうらくどう》の筆子だったよ。名前がある手習所も多いんだ」

　勇実は、痒くもない頬《ほほ》を掻いて苦笑した。

「この建物は矢島家の離れですから、離れと呼ぶか、単に手習所と呼ぶかのどちらかですね。私は父の後を継いで手習いの師匠をしているのですが、父の頃から名前なんかなかったんですよ」

　なるほどねえと笑う善兵衛は、顔を皺《しわ》だらけにしている。

　何気ない調子で、久助が善兵衛に尋ねた。

「そういえばさ、おっちゃん、脚が痛いのか……ですか？」

　荒っぽい言葉遣いを勇実にたしなめられたので、久助は一応、言い直した。

　左脚を投げ出して座っている善兵衛は、久助に苦笑してみせた。

「行儀が悪くて、ごめんなさいよ」

「ううん、膝を悪くしちまった大人はよく見てるから、気にならないけどさ。かしこまって座ると脚がきついもんな。じゃなくて、ですよね」

　久助の父は鳶だ。屋根から落ちて怪我をしたことがあると聞いている。よその子よりも、身近に怪我人を見てきたのだろう。

善兵衛は、伸ばしたままの左脚の膝裏をさすった。

「年を取ると、本当にいろいろありますよ。あちこち痛みがあって、困ったものです」

白太が首をかしげた。

「膝の、裏側？」

善兵衛の手の位置を不思議に思ったらしい。膝が痛むというのなら、確かに、膝の皿があるほうをさすりそうなものだ。

白太の問いに、善兵衛はうなずいた。

「裏側なんですよ。この年の割りに節々《ふしぶし》は強くってね、腰も背中も問題ないんですが、膝の裏側におかしなこぶができちまっているんです。それが痛むんですよ」

「こぶ？　痛いですか？　どんなふうに？」

白太は『本屋往来』を天神机に置いた。素読をしていたのだが、すっかり興味が善兵衛のほうへ向かっている。こうなると、手習いのほうに連れ戻すのは難しい。

善兵衛は白太の問いに答えた。

「ずきん、ずきんとね、脈打つ痛みがあるんです」

「見せてください」

　さすがの善兵衛も困った顔をした。

「気持ちのいいものではありませんよ。年寄りの脚のこぶだなんて」

　白太はかぶりを振った。

「おかしなこぶや腫れ物は、見て覚えておくといいって、祖父ちゃんと藍斎先生がおいらに言うんです。おいら、見たものは忘れないから。善兵衛さんのこぶ、おいらが知ってるやつなら、治し方がわかるかもしれないでしょう？　だから、見せてください」

　良彦が白太の肩を抱いた。

「こう見えて、白太はすごいんだ。見たものをそのまま絵に描くことができるんだから！　この間、勇実先生の目がおかしくなったときも、真っ先に気づいたのが白太だった……でした！」

　善兵衛が勇実にまなざしを向けた。勇実はうなずいた。

「もしよろしければ、この子の言うとおりに、こぶを見せていただけませんか？　ご不快かもしれませんが」

「いえいえ、不快ではありませんよ。でもねえ、お若い筆子さんたちと違って、年寄りの脚なんぞ見ても、気持ちのいいものではありませんってば」

善兵衛の声音《こわね》はあくまで柔らかい。困らせているに違いないが、善兵衛は優しそうな笑みを保ったままだ。

よいしょ、と立ち上がると、善兵衛は絣《かすり》の着物の裾《すそ》をまくり上げた。

白太はその左の膝の裏側をのぞき込んだ。真ん丸に見開いた目を、じぃっと近づける。

膝の裏のくぼみに、ぽこりと膨《ふく》らんだしこりがある。思いがけず大きなものだった。十蔵の小さな拳《こぶし》と同じくらい、あるかもしれない。

善兵衛のこぶを見た筆子たちが、わっ、と小さな声を上げた。

「痛そう」

顔をしかめたのは才之介だ。白太はなおも、じぃっと見つめている。

勇実は白太の肩を押さえた。

「ほら、あまり近寄ってじろじろ見るのは失礼だぞ」

善兵衛は、熱心な白太の様子に、かえって興《きょう》を覚えたらしい。

「何かわかりますか、小さなお医者さん？」

からかいを含んだ言葉に、白太は顔を上げると、大きくうなずいた。

「知ってるこぶです。血脈《けつみゃく》が膨らんでるの。血脈には動と静の二つがあって、動の血脈は、勢いよく血が流れてて、普通は血脈も丈夫なんです。でも、このこぶは、血脈が丈夫じゃなくなったせいで、うまく血が流れなくて、たまってしまって、膨らむんです」

ゆっくりとしたいつもの口調で、白太は言った。

勇実も善兵衛も、筆子の皆も、ぽかんとした。

「白太、それは、一体どういうことだ？」

「勇実先生、あのね、藍斎先生が手術するのを見せてもらったの。このこぶと同じこぶだったんだよ。こぶが破れたら、流れちゃいけないところに血が流れ込んで、膝から下が腐っちまうんだって」

「待て、待ってくれ。蘭方医の深堀藍斎どののところで、手術を見せてもらった？」

「藍斎先生がうちの店に来たとき、隣の質屋のお爺さんが脚を痛がっててね、藍斎先生に診てもらったの。これと同じこぶだったから、手術をした。こぶに血が入ってこないように、こう、縛るの。太い血脈を。でも、細い血脈があるから大丈夫」

勇実が固まっていると、丹次郎が勇実の腕を取った。前腕から手の甲にかけて、青い血脈が幾筋も浮かび上がっている。その血脈を、丹次郎は指でなぞった。

「たぶん、こういうことだよ。血脈っていうのは、一本道じゃなくて枝分かれしてる。だから、駄目になったところが一か所あっても、駄目な道を閉ざしてやって、別のところから血を通せばいい。そういうことだろ、白太？」

「うん。肌を切って、血脈を糸で縛って、血の流れを止めるんだよ。おいら、見たの」

勇実は思わず顔をしかめた。

「そんな手術を見て、怖くなかったか？」

白太はかぶりを振った。

「怖くない。人の体の中は、見たことがない色をしてた。色や形を忘れないように、しっかり見てるうちに、すぐに終わったよ、手術」

思いもかけない話になってしまった。筆子たちも驚いたようで、言葉少なだ。

善兵衛は着物の裾をもとに戻すと、腰を折り曲げて、白太の顔をのぞき込んだ。

「ねえ、白太さん。その蘭方の医者を私に紹介してもらえませんか？」

白太は目を真ん丸にした。

「手術は、痛いんだって。我慢できる人と、できない人がいるんです」

「知っていますよ。私は、痛くてもいいから手術を受けたい。放っておいても、ずきんずきんと痛むし、私の父はね、こぶが破れてしまったんです。さっき白太さんが言ったとおり、脚が腐るんですよ。末期《まつご》は本当に痛そうで、大変でした」

やんちゃな久助が、珍しく静かな声で告げた。

「脚の怪我が悪くなって、おかしな色になってさ、そこから毒が回って死んじまうことがあるんだ。おいらんち、親戚も鳶や大工ばっかりだから、大怪我をした人をおいらも見てきた。そのこぶ、治せるんなら、さっさと治したほうがいいよ」

子供たちは皆、まじめな顔をしてうなずいている。

これほど幼い者たちでも、身近に人の死を見知っているのだ。命に関わる病や怪我をほったらかしにすることの怖さを知っている。

思えば勇実も白太の年の頃には、すでに母と死別していた。

白太は勇実に言った。

「藍斎先生に知らせよう？　善兵衛さんは、もう手習所の仲間だから、力を貸さなきゃ。今、藍斎先生に助けてもらったら、きっと治ると思うの」

勇実は白太の頭を撫でてやった。

「白太の目を信じる。私の目の病にも、白太が真っ先に気づいてくれたからな」

四

琢馬は勇実の話を聞くと、へえ、と感心した声を上げた。

「あの日、私が帰った後にそんなことがあったんですね。善兵衛さんからいきなり、脚の手術をしたという手紙を受け取ったときは、一体どういうことかと思ったんですが」

善兵衛が半日だけ手習所にやって来た日から、すでに五日が経っている。

あの日、手習いを終えてすぐに勇実は藍斎のもとに事情を伝えに行った。藍斎はすぐに善兵衛のいまづ屋を訪ね、翌日には手術をおこなったらしい。

白太が以前見たとおり、藍斎は動血脈《どうけつみやく》を縛る手術を、あっという間に終えたようだ。善兵衛の手紙によると、痛みをこらえるために息を止めていたら、苦しくなる前に終わってしまったという。

こぶの脈打つ痛みはなくなり、しこりも柔らかく、だんだんとしぼんできたそうだ。手術の傷口も、すでにくっついている。

「こたびもまた、白太のお手柄ですよ。一度見たものを忘れないというのは、凄《すさ》まじい力ですね」

琢馬は我がことのように嬉しそうだ。

「あれだけの力があるのなら、そろばんができなくとも、話をするのが少々苦手でも、何の問題もありません。できないことは私が補ってあげてもいい。勘定所勤めを退《ひ》いたら、私は白太さんの付き人になりましょうかね」

「勘定所を退くつもりがあるんですか？」

「ええ。兄の遺した子、つまりは私の甥《おい》っ子ですが、あの子が十八になったら家《か》督《とく》を譲るつもりです。そしたら私はお役御免で、また好きに生きられる」

「初耳です」

「そうでしたっけ？」

「そうですよ。まったく、琢馬さんは肝心なところを明かさない。何かの用心のためのようにも見えますが」

琢馬は、ふっと脱力するように笑った。

「お見通しですか」

「だって、琢馬さんの兄上が亡くなったときの話を知ってしまいましたからね。琢馬さん自身、敵に付け狙われているんじゃありませんか？」

琢馬が勤める勘定所は、一枚岩ではないらしい。琢馬の上役《うわやく》である勘定奉行の遠山景晋は、勘定所内の旧弊《きゅうへい》を一掃《いっそう》したいと考えている。だが、ばっさりと大鉈《おおなた》を振るうというわけにもいかないようだ。

「まあ、折り合いの悪い相手はいますよ。掃いて捨てるほどにね。義姉《あね》と甥は、義姉の実家に匿《かくま》ってもらっています。まだ十二の甥が襲われてはたまりません。せめて自分で自分の身を守れるくらいには、強く用心深くなってもらわなくては」

勇実は思わず嘆息した。

「それが勘定所勤めの心得ですか」

「残念ながら、勇実さんが思っている以上に、役人の世界は血なまぐさいんですよ。出世というものを巡って、賂《まいない》を贈ることにも人を欺《あざむ》くことにも、果ては命を奪うことにも、だんだんと慣れてしまう」

勇実は身を乗り出した。

「琢馬さんもそこに巻き込まれているんでしょう？　なるたけ危ないことはしないでくださいよ」

「へまはしませんよ。でも、勇実さんをこちらに呼び込むには、まだもう少しかかりますね」

「当たり前です。私は怠け者《なまけもの》で臆病だ。命を懸けてまで出世したいとは思わない。自分はもちろん、まわりの大切な人にまで害が及ぶかもしれないというのなら、とてもそんな道は……ですが、琢馬さんはそこから動けないのですよね」

それはどれほどの恐怖だろうか。

琢馬は上役の遠山のことを信奉《しんぽう》しているようだが、そのほかの上役や同僚のことなど一言も話してくれない。同じ勘定所勤めの父親のことは、嫌っているらしい。

勘定所内に朋輩《ほうばい》がほしい、と、初めて会ったときから琢馬は勇実にこぼしていた。きっと本心に違いないと、勇実は確信している。

琢馬は不意に、唇をほとんど動かさず告げた。

「火牛党《かぎゅうとう》、まだ生きているようです」

勇実は目を見張った。

「琢馬さんの兄上の命を奪った疑いのある、あの連中が?」

「ええ。赤座屋《あかざや》騒動で壊滅の憂き目《うきめ》を見たとされる、あの連中ですよ」

火牛党は、浅草新鳥越町《あさくさしんとりこえちょう》やその周辺を縄張りにしていた、ならず者の集まりだ。後ろ盾は、北町奉行所《きたまちぶぎょうしょ》の同心である赤沢勘十郎《あかざわかんじゅうろう》。赤沢の妾腹《めかけばら》の息子が火牛党の首領で、火牛党は赤沢の子飼いとして動いていた。

勇実のかつての恋人であったおえんが、そのならず者たちに命を狙われたことがあった。返り討ちにしたのは、おえんが我が子のように大切にしていた、壱《いち》という名の若者だ。

壱は命懸けで火牛党の首領の首を取った。その騒動の中で、火牛党の中核の連中は多くがお縄についた。

これで終わりかと思いきや、火牛党はしぶとかった。赤沢の指図を受けた残党が、まったく別の強盗騒ぎを隠れ蓑《かくれみの》にして暴れ、報復を試みたのだ。

定町廻り同心《じょうまちまわりどうしん》の岡本達之進《おかもとたつのしん》の戦術と機転、怯《ひる》まぬ根性で、その報復もまた防ぐことができた。それでようやく、火牛党はすべて引っとらえることができたと思っていたのだが。

琢馬は、ひそめた声で告げた。

「火牛党と名乗る者たちがいるわけではありません。ただ、火牛党とのつながりを示す彫物《ほりもの》をした者たちが近頃うろうろしているようなのです」

「彫物、ですか」

「腕に彫られているそうです。『火牛の計《けい》』を思わせる意匠《いしょう》が」

「火牛の計というと、古代の唐土の戦術か、木曽義仲《きそよしなか》の倶利伽羅峠《くりからとうげ》の戦いのほうか。いずれにせよ、牛の尾か角に火を括《くく》りつけ、暴れさせて戦陣を掻き乱す戦法ですが」

「その彫物の連中は、江戸の外から流れてきたごろつきを集めて徒党を組み、もとの火牛党の縄張り一帯で、賭場《とば》を荒らしているのだとか。後ろに悪徳同心の赤沢がいるのかどうか、そのあたりはわかりませんが」

勇実は嘆息した。

「一人でそこまで調べたんですか？　本当に無茶な……危ういことをしないでくださいよ」

琢馬は目を伏せた。

「いちばん恐ろしいのはね、何も知らずにいることですよ。人を疑わずに生きていけるなら、それほど美しいことはない。でも、そういうわけにもいきません」

五月雨が降っている。

雨音が隠してくれるから、秘密の話もできる。

いろんなものを背負っているように見える友の肩に、勇実はそっと手を置いた。

「火牛党のことは、同心の岡本さまにも相談しておきます。私たちだけで抱えてしまうには、この話はあまりに重い。ねえ、琢馬さん。ここに遊びに来ている間は、もっと気楽に過ごしてくださいよ」

琢馬は微笑《ほほえ》み、うなずいた。近くの天神机を引き寄せると、脇息《きょうそく》のように使って頬杖をつく。

「では、もっと気楽な話をしましょうか。聞かせてくださいよ、近頃の勇実さんの恋の話でも」

「そんなものはありませんよ」

すぐにまぜっ返す友に、勇実は渋面《じゅうめん》をつくってみせた。

第二話　明《あ》け星《ぼし》の君

一

「無体《むたい》な真似はおやめでないかい！　お嬢さんたちが困っているじゃないか」

凛々《りり》しく響くその声が耳に飛び込んできたとき、龍治は、元服してさほど経たないくらいの若い男の声だと思った。

目を巡らすと、両国広小路《ひろこうじ》近くの激しい人波の一所《ひとところ》に、滞《とどこお》りができている。まるで見世物を取り巻くかのように、大勢が興味津々《しんしん》でその者たちを囲んでいるのだ。

龍治は足を止めた。

「こりゃあ、喧嘩《けんか》だな」

くぅん、と鳴いて合いの手を入れたのは、龍治が抱えた白い犬だ。正宗《まさむね》という名である。

正宗はとうに成犬になっているが、小柄だった親犬に似て小さい。人混みの中で放しては踏み潰されそうで危なっかしいので、龍治は両国橋を渡るあたりからずっと正宗を抱えている。

龍治は人垣のほうへ足を進めた。野次馬に加わるつもりはない。ただ、女が巻き込まれているらしいのが気になった。ことと次第によっては助太刀《すけだち》に入るべきだ。

身の軽さを活かし《い》て、龍治はすいすいと人混みを躱《かわ》して前に出た。

怒鳴り散らす男たちの声がする。

「生意気なことを抜かしやがって！　その女どもがぶつかってきたのが悪いってんだよ！」

「ぶつかられたんで、腕が折れたかもしれねえなぁ！　おお、痛《いて》え痛え！」

「こちとら職人なんだよ。腕が折れたら仕事にならねえ。どうしてくれんだ？　ああ？」

耳障《みみざわ》りなわめき声に、龍治は顔をしかめた。

「喧嘩じゃやないな。面倒な輩《やから》どもに絡《から》まれてんだ。大丈夫かな？」

伸び上がると、人垣の隙間から、騒ぎの中心がのぞけた。

すらりとした立ち姿のその人は、黒っぽい着流しに袖なしの羽織を引っ掛けて女物の帯を締めた、小粋《こいき》な出《い》で立《た》ちだ。若い娘二人を背に庇《かば》い、堂々たる様子でごろつきどもを睥睨《へいげい》している。

「言いがかりはよすんだね。見苦しい。本当に腕が折れて医者が入《い》り用《よう》ってんなら、銭を払ってやるのもやぶさかじゃあないが、どうもそんなふうには見えないな」

華のある声だ。ただ声を響かせてしゃべっているだけで、恋の唄を歌うような艶《つや》っぽささえある。

この暑い中、頭巾《ずきん》を目深《まぶか》にかぶっている。頭巾からのぞく、鼻筋から顎《あご》にかけての細い線が美しい。首筋も、ごろつきどもを阻《はば》むべく真横に伸ばされた腕もその手指も、ほっそりとしている。

そこでようやく、龍治はその人が女であることに気がついた。ごく若い男の声だと思ってしまったのは、言葉に込められた気迫のためだ。雄々《おお》しいと言えるほどに勇ましい。

しかし、気迫だけだ。女は背こそ高いものの、すらりと細い。刀を帯びてはおらず、武術の心得がある立ち方とも思えない。

龍治は人垣を割って輪の中に飛び込んだ。ごろつきに向かって声を上げる。

「ちょっと待った！　何が気に食わねえんだか知らねえが、往来で暴れるもんじゃないぜ」

ごろつきは龍治に顔を向けた。三人だ。熊のように大柄な毛むくじゃらと、狸《たぬき》の置物に似たずんぐりむっくりと、狐《きつね》の面そっくりに目の細い男。

狸が、担《かつ》いでいた棍棒《こんぼう》を龍治に突きつけた。

「餓鬼《がき》はすっこんでな！」

「餓鬼じゃねえ！　俺は二十三だ。舐めるな！」

怒鳴り返した龍治は、左腕で正宗を抱えたまま、右手で腰の木刀を抜いた。構えた瞬間、狸が棍棒で打ちかかってくる。

隙だらけの素人《しろうと》だと、龍治は見抜いた。

半歩退《しりぞ》きながら身を躱す。空振りした棍棒をちょいと蹴る。棍棒は狸の手からすっぽ抜け、地に転がった。

狸はたたらを踏んだ。その背中に、龍治は木刀の切っ先を突きつけた。

「次は加減しない。なあ、このへんで引いてくれよ。お互い、怪我はしたくもさせたくもないだろう？」

熊のような男が舌打ちをし、唾を吐いた。口を何度かぱくぱくさせてから、ありきたりな台詞《せりふ》を口にする。

「覚えていやがれ！」

それを合図に、熊と狸と狐の三人連れはきびすを返した。人垣が割れる。三人連れはたびたび肩越しに振り向いて龍治や頭巾の人に睨《にら》みを利かせながら、大川《おおかわ》沿いを南のほうへ立ち去った。

龍治は三人連れの姿が遠ざかっていくのを、木刀を手にしたまま見送った。

「行ったみたいだな」

人波がまた流れだす。

頭巾の人の腕や背中には、きらびやかな装《よそお》いの若い娘が二人、目を潤ませて取りすがっていた。

「於登《おと》さま、あたし、すごく怖かったの！」

「庇ってくださってありがとうございます、於登さま！」

於登さまと呼ばれるその人は、娘たちの肩や背中をぽんぽんと叩いてやりながら、龍治のほうを見て目を細めた。

「ありがとう。この子たちを守りたくて声を上げたはいいものの、どうやってことを収めようかと思案していたんだ」

「そりゃよかった」

「おまえさんのおかげで助かったよ。あたしは於登吉《おときち》というんだが、お礼をさせてはもらえないかい？」

頭巾の下の美しい顔は、目尻がすっと切れ長で、笑みを浮かべた唇は薄く、いかにも涼しげだ。女ではあっても、二枚目と言いたくなる風貌である。

男としては小柄な龍治より、於登吉のほうが背が高い。於登吉の小袖は男物の仕立てで、濃い灰色に黒の麻の葉模様だ。引き締まった印象の小袖に、華やかな女物の帯が映《は》えている。

年の頃はいくつくらいだろうか。いくぶん風変わりな出で立ちと少年のような声音のせいで、年上か年下か、よくわからない。

龍治は何となく、於登吉の姿を上から下まで眺めてしまった。が、正宗の尻尾《しっぽ》にぱたぱたと打たれて、はっと思い出した。

「まずい、急ぐんだった」

「おや、いい人と待ち合わせでもしていたのかい？」

「そんなんじゃないよ。赤ん坊の顔を見に行くんだ。世話になってる人のところの赤ん坊。昼寝をする前に来てくれって言われてたんだが、もう昼九つ（正午頃）過ぎだろ？　昼八つ（午後二時頃）には寝かしつけないといけないらしいんだ」

「そりゃあ急いだほうがいい。赤ん坊は泣くのと寝るのが仕事らしいからね。仕事の障りとなっちゃあいけないよ」

「へえ、やっぱりそういうものなんだな」

「うまく眠れずに泣いてしまう赤ん坊もいるそうだけどね。仕事がうまくいかないときがあるのは、赤ん坊も大人も同じってわけだ」

「なるほどな。正直なことを言えば、赤ん坊の顔を見に行くだけでおっかなびっくりなんだ。俺はまだそういうのを知る立場にもないし」

切れ長な目が丸く見張られた。

「相愛のお相手もいないのかい？　おまえさんなら、おなごに持てるだろうに」

「いやいやいや、そんなことは、ちっとも。毎日、道場で木刀を振るうばっかりで、それが楽しくてさ、色気のある話なんてのは、今のところ、うん……まあ、そんなんじゃないな」

「そうかい」

龍治は腰に木刀を差すと、於登吉に笑ってみせた。

「じゃ、気をつけてな。於登吉さん」

龍治はぱっと駆け出した。

あっ、と於登吉が声を漏らした。

「待っとくれよ！　おまえさん、名前は？」

だが、龍治は振り向かず、ただ前へ前へと足を速めた。

「名乗ってお礼をしてもらうほどのことでもないや。さあ、急ぐぞ、正宗！」

きゃん、と正宗は元気よく返事をした。龍治はすばしっこく、両国の人混みを縫って駆けていく。


「うわぁ、すげえ！　小さくて柔らかいな。おお、赤ん坊の爪って、こんなに細かいのか。うわぁ……！」

龍治は、目明かしの山蔵《やまぞう》のところの第一子、生まれて四月《よつき》ほどになる一平《いっぺい》を抱かせてもらった。一平が身じろぎするたびに、龍治はまるで子供のように、うわぁ、うわぁと声を上げてしまう。

赤ん坊の体は不思議だ。ふにゃふにゃで、むちむちで、思いのほかずっしりしている。龍治の襟元をつかんだ手の力は、存外強い。呼吸や鼓動《こどう》は大人より速く、肌はしっとりと温かく、甘酸っぱい匂いがする。

晩夏の六月である。赤ん坊は大人より汗をかきやすいらしい。一平は腹掛けをしただけの格好だが、首のまわりには赤い汗疹《あせも》がぽつぽつとある。

ようやく首が据わったところだそうだ。しかし、頭を起こしてきょろきょろするのに疲れると、一平はいきなり、がくんと後ろにのめってしまう。慌てて頭を支えてやれば、ほわほわした髪の手ざわりが愛らしい。

「俺とは全然違う生き物みたいだ。うわぁ、本当に小さいな」

「これでも、生まれてすぐと比べたら、背丈も目方もずいぶん増えたんでさあ。真っ赤でしわくちゃだった顔も、すっかりおっかさん似になってきやした」

山蔵は目を細め、いとおしそうに我が子を見つめている。想い合って一緒になった妻との間に、数年の間、子がなかった。それを寂しく思っていたらしいのを、龍治も察していた。

「何だか顔つきが変わったな、山蔵親分」

「そうですかい？」

「幸せそうだよ。一時はおきねさんのことが心配だっただろうけど、おきねさんも起きられるようになって、もうだいぶ元気そうで、本当によかった」

山蔵の妻のおきねは、にっと八重歯《やえば》をのぞかせて微笑んだ。

「龍ちゃんにも心配をかけたね」

「おきね姉ちゃん、その呼び方はやめてくれよ」

龍治は苦笑した。

おきねは、かつて目明かしを務めていた蕎麦屋《そばや》の親父、三兵衛《さんべえ》の娘だ。龍治の父、与一郎《よいちろう》と三兵衛は、捕物に力を合わせてきた古い付き合いである。その縁もあって、龍治も幼い頃、おきねと何度も顔を合わせている。

ちゃきちゃきとして勝気なおきねは、龍治より六つ年上だ。幼い龍治にとって、到底かなう相手ではなかった。弟分として扱われていたわけだが、八重歯を見せて笑うおきねに「よくやったね」と誉められるのは嬉しかった。

山蔵の妻となり、一平の母となったおきねと、龍治は久しぶりにゆっくり顔を合わせている。蕎麦屋の勝手口で出迎えてくれたときは、見知らぬ大人の女のように見えた。産後の肥立《ひだ》ちが思わしくなく、すっかりやつれてしまったせいもある。

だが、おきねの笑顔は変わっていない。両方のぞく八重歯と、片方だけにできるえくぼ。おきねもまた、龍治の笑った顔を見て、大人になったのに変わってないね、と言った。

おきねは、一平の口元のよだれを拭ってやった。

「珠代《たまよ》さまには毎日のように様子を見に来てもらって、心強かったんですよ。後で聞いたんですけど、本当は行くはずだった箱根湯治《はこねとうじ》の旅にも行かず、あたしと一平の世話をしてくだすったんですって？　もう本当に何から何まで、ありがとうございました」

丁寧な言葉遣いは、山蔵の妻としてのものだ。昔のおきねは、龍治が御家人の跡取り息子であることなど、意にも介していなかった。ちょっといたずらをしてみたときには頭を叩《はた》かれたことも、龍治は覚えている。

珠代も、おきねは大人になったものだと、しみじみ繰り返していた。

「おふくろは、ここに手伝いにくるのを楽しんでたみたいだったよ。もちろん大変ではあったんだろうけど、張り合いがあったらしくて、毎日話を聞かされた。おきねさんもだんだん快復してきたとか、一平は顔つきがしっかりしてきたとかさ」

「珠代さまや近所のおばさんたち、産み月が近かった友達にも力を貸してもらえたから、今があるんですよ。そうじゃなかったら、あたしも一平も死んじゃってたわ」

「縁起でもないことを言うなよ。赤ん坊が生まれた家があったら、まわりじゅうが手を貸すもんなんだろ？　一平はきっと健《すこ》やかに育っていくよ」

一平は龍治を嫌がりこそしないが、あまり関心があるわけでもないらしい。愛らしい声を上げながら一心に手を伸ばす先には、きちんとお座りをした正宗がいる。

おきねのたっての願いを受けて、龍治は正宗を連れてきたのだ。

一平は犬や猫が好きだという。どれほど激しく泣いているときも、ぐずってなかなか眠らないときでさえ、ふさふさの毛並みに触れさせると、たちまち上機嫌になるそうだ。

とはいえ、素性《すじよう》のわからない犬や猫を、まだ寝返りもできない一平に近づけることはできない。人の中で育ち、人の子供が好きな、優しい犬や猫でなければならない。

そういうわけで、正宗に白羽の矢が立った。確かに正宗は、人の子供と一緒に転《ころ》げ回って遊ぶのが大好きだ。

正宗は、矢島道場の門下で剣術を身につけた御家人、田宮心之助《たみやしんのすけ》の愛犬である。心之助が仕事に出ている間、正宗は矢島家や白瀧家で過ごしている。

龍治は、成犬とはいえまだ幼さの残る正宗が一平に飛びかかりやしないかと、初めははらはらしていた。今も油断はできずにいる。

だが、龍治の心配をよそに、一平を前にした正宗は、びっくりするほどおとなしい。怖がっているわけでも怯えているわけでもない。行儀よくしている、というのが正しいだろう。

正宗はどうやら、赤ん坊とはどういうものなのかを、きちんとわかっているようなのだ。初めて目にしたにもかかわらず、である。

自分よりも小さなこの人間を、とびっきり大事にしてやらねばならない。そう意気込む正宗の想いが、お座りをした姿からも伝わってくる。

龍治は山蔵に促され、一平を敷布《しきふ》の上にそっと下ろした。正宗が嬉しそうに尻尾を振って、一平の隣に身を横たえた。

一平が正宗に触れて、笑った。小さな手がたどたどしく正宗の白い毛並みを撫でる。

正宗も、舌を出してにっこり笑った顔をした。声はない。日頃の正宗は、嬉しくなるときゃんきゃん吠《ほ》えてしまうのに、一平の前では本当に静かだ。驚かせないようにしているらしい。

一平は、まだ歯の生えていない口を開けて笑っていた。と思うと、いきなり、すとんと眠ってしまった。その手は正宗の毛に触れたままだ。

正宗は、寝入りばなの一平をあやしてやるかのように、濡れた鼻づらを一平の頬にくっつけた。

龍治はいつの間にか微笑んでいた。

「一平は眠っちまったな」

ささやくと、山蔵は心底ほっとした様子で息をついた。

「助かりやした。うちの坊主、虫の居所が悪いときは大変なんです。抱いて寝かしつけて、そろそろいいだろうと置いた途端、目を覚まして泣きわめく。でも、犬や猫がそばにくっついてるだけで、にこにこ笑いながら寝ちまうんでさあ」

「山蔵親分もちゃんと一平の世話をしてるんだな。前は捕物のために走り回ってばっかりで、忙しい蕎麦屋の手伝いもすっぽかしてたのに」

「子供の世話と舅《しゅうと》の手伝いじゃあ、勝手がまったく違いまさあ。おきねが一平を産んで、そのせいで体を壊しちまってる間、岡本の旦那に頼み込んで仕事を加減してもらっていやした。いや、目明かしの手札を返上する覚悟もあったんですがね」

定町廻り同心の岡本達之進は、切れ者と評判だ。その一方で、情に厚い男でもある。

「岡本さまは何て言ってた？」

「特に何も。赤ん坊が小さいうちは大変らしいなと、そんだけでさあ。あっしから手札を取り上げることもなく、大事な捕物のときだけは呼んでくださった。体面を保たせてくださったわけだ。一から十まで言わなくても、二十も三十も察してくれるお人でさあね」

「違いないな」

「しかし、そのぶん龍治先生たちに仕事が行ってるんじゃねえですかい？」

「まあ、少しはな。気にかかることがあってさ。とは言っても、勇実さんと二人でちょいと浅草まで様子を見に行ってきたくらいのもんだから、大したことはない」

「手がいるときは、あっしもちゃんと呼んでくだせえ。見回りでも下調べでも、人手が入り用の場面もあるでしょう」

「今のところは、気持ちだけで十分だよ。山蔵親分もろくに寝てないんだろ？　痩せたみたいだしな。体力が戻るまでは、悪党どもとの戦《いくさ》に駆り出すわけにはいかない。矢島道場の師範代として、その疲れた体で木刀を持つことを禁じる。いいな？」

その言葉は、珠代から預かってきたものだ。山蔵に無理を強《し》いてはならない、まだ捕物に駆り出していい時期ではないと、珠代は龍治にしつこく訴えた。ひょっとしたら、岡本に対しても、珠代は何か進言したのかもしれない。岡本は、子供を持ったことはもちろん、妻を娶ったこともないはずだ。

「あっしら夫婦、いろんな人に助けられて生きておりやす。本当にありがてえことだ」

山蔵がつぶやくと、おきねも深くうなずいた。

龍治は何となく気恥ずかしくなって、いい子にしている正宗の背中をそっと撫でた。

「すごいな、赤ん坊って。一言も、何もしゃべることができないのに、大勢の大人を動かしちまうんだな。無理もないか。かわいいもんな」

「他人の赤ん坊でもかわいいもんですが、手前の子となると、とびっきりでさあ」

「そうか。俺にはまだぴんとこないが」

「龍治先生も、そう先のことじゃあないと思いやすよ」

にこやかな山蔵に、龍治は苦笑してかぶりを振った。

「いや、まだまだ先だよ、きっと。本当に、少しもぴんとこねえんだ。所帯を持つとか、子供を育てるとか。一緒になりたいって気持ちはあっても、その先がぼんやりしてる。こんなんじゃ頼りない。どう進んでいきゃいいんだろうな」

正宗は、黒くきらきらした目で龍治を見上げた。眠る一平に遠慮して、ぱたん、ぱたんと優しく尻尾を振っている。

昼下がりの風が窓からそっと入ってきて、ちりちりと風鈴《ふうりん》を鳴らした。

二

龍治が山蔵のところから帰ってきたのは、勇実の手習所がちょうどお開きになる頃だった。

きゃんきゃんと、正宗のはしゃぐ声が聞こえた。それで、開け放った窓から庭のほうを見ると、白いふさふさの犬が全力で駆けてくるところだった。

今日は正宗が留守だと聞かされていた筆子たちは、一斉に顔を輝かせて歓声を上げた。

「こらこら、外に出るのは、書き取りを終えてからだぞ」

勇実が苦笑交じりに注意すると、筆子たちは不満げな膨れっ面になった。

正宗は窓のすぐ外でぴたりと足を止めた。手習所の中に入るのはまずいと、すでにきちんとわかっているのだ。勇実のほうを見上げて尻尾を振る。舌を出して笑ったような顔は妙に人間じみていて、何となく滑稽だ。

龍治はひょいと手を挙げて勇実にあいさつすると、道場へ入っていった。与一郎に赤ん坊のことを知らせるのだろう。

赤ん坊の名は一平というらしい。手習いをする年頃になったら面倒をみてやってくだせえと、勇実は山蔵から頼まれている。

勇実も龍治と一緒に来るよう誘われていたが、手習所をほっぽり出していくわけにはいかなかった。今日は将太が手伝いに来る日ではない。

では千紘が龍治と一緒に行くのはどうか、という誘いに、千紘は慌てて断りを入れた。手習いの仕事があるというのが表向きの理由だが、気持ちの問題もあるだろう。

千紘にとって、龍治と二人きりで出掛けてよその赤ん坊を抱っこするというのは、照れくさくて気まずくてたまらないことなのだ。龍治が千紘を強く誘わなかったのもきっと同じ理由だと、想像にかたくない。

何となく、勇実は思い描いてみた。もしも何かの成り行きで、勇実が菊香《きくか》と二人で赤ん坊の世話をすることにでもなったら、どうだろうか。

きっと勇実は何をすればよいか迷い、うろたえて、立ち尽くすだろう。一方の菊香はいつものようにてきぱきと動きながら、赤ん坊には柔らかな笑みを向ける。その笑みは弥勒菩薩《みろくぼさつ》のように美しいに違いない。

いや、それとも、菊香も勝手がわからず、赤ん坊を抱えたまま動けなくなってしまうだろうか。勇実と二人揃っておろおろしてしまい、そんな自分たちが何だかおかしくて、笑い合ってしまうかもしれない。

何にせよ、勇実は菊香の笑みを思い浮かべている。

その実、菊香に正面からちゃんと微笑んでもらったことは、ほとんどない。いつもやんわり微笑んでくれてはいるが、愛想《あいそ》や礼儀を示す表情ばかりだ。

菊香の弾けるような笑みや、心からの楽しそうな笑み、くすぐったそうな笑みは、千紘にばかり向けられている。勇実はその笑みを横からのぞき見て、こっそりと胸に焼きつける。

と、急に名を呼ばれた。

「勇実先生！　何をぼーっとしてるんだよ！」

はっと我に返ると、不満顔の十蔵がすぐ正面に立っていた。

「ああ、すまない。どうした？」

「どうしたじゃないよ。おいら、もう書き取りが終わったよ。外に出て正宗と遊んでもいい？」

「そうか。じゃあ、今日の手習いはおしまいだな。外は暑いから、遊びに出る前に麦湯を一杯飲んでから行きなさい。土間にやかんがあるから」

「わかってらあ！　勇実先生こそ、暑くてぼーっとしてたんじゃないの？　冷ました麦湯をちゃんと飲みなよ」

かわいい顔をして生意気な口ぶりで心配してくれる十蔵に、勇実は頬を緩めた。

「ありがとう。気をつけるよ」

ところが、やんちゃ坊主の久助がまぜっ返した。

「暑さのせいじゃないだろ。勇実先生がぼーっとしてるときは、菊香先生のことを考えてるときなんだからさ。愛《いと》しの菊香さんって、顔に書いてあるぜ！」

おおーっ。ああ。へぇぇ。筆子たちは各々《おのおの》、声を上げた。にやにや笑いが皆の顔に広がっていく。

図星を指された勇実は、とっさには言葉を返せなかった。

すかさず、良彦が節《ふし》をつけて囃《はや》し立て始める。

「きーくーかさん！　きーくーかさん！」

「こ、こら、騒ぐな！　そんなんじゃないから！」

勇実は慌てて良彦を止めようとしたが、すでに遅い。

筆子たちは皆で声を揃え、手を打って囃し始めた。窓の外では、正宗がきゃんきゃん吠えて合いの手を入れる。

囃し声はよく響き、道場のほうまで聞こえてしまったらしい。龍治や門下生が顔をのぞかせた。勇実はあまりに恥ずかしくてそちらをろくに見られないが、きっとにやにやと楽しそうに笑っているに違いない。

「やめてくれよ、もう……」

勇実は、調子に乗ってじゃれついてくる鞠千代《まりちよ》と十蔵を片手でいなしながら、もう片方の手で顔を覆った。頬も額も火を噴きそうに熱い。

だが、困ったことに、冷やかされて喜ぶ気持ちが確かにある。相手が菊香だからだ。

菊香さんにこのことが知られたら、困らせてしまうに違いない。いつものやんわりとした笑みを浮かべ、小首をかしげて黙ってしまうだろう。

だが、きっと真っ赤になってはくれないだろう。勇実ばかりが想いを募らせているのだ。

筆子たちはまだ騒ぎ続けている。

見かねた龍治が、苦笑しながら駆け寄ってきた。

「おいおい、あんまり勇実さんをいじめるなよ。熱が上がってぶっ倒れちまうぞ」

「勇実先生がぶっ倒れたら、菊香先生に看病してもらえるから、何の問題もありませーん！」

淳平が勢いよく言い切った。筆子たちはまた、わあっと声を上げる。

勇実と龍治の目が合った。龍治は、駄目だこりゃ、と言わんばかりの笑みを浮かべて頭を振った。

「師匠の色恋沙汰というのは、そんなに気になるものなんだろうか」

勇実は団扇《うちわ》で自分に風を送りながら、昼間のことを思い出してぼやいた。

行きつけの湯屋、望月湯《もちづきゆ》の二階の窓際である。しっとりとした夜風が、熱い湯で火照《ほて》った肌に心地よい。

勇実のぼやきに首をかしげたのは龍治で、うなずいたのは心之助だ。

龍治も煽いでいた団扇で勇実のほうを指した。

「俺と勇実さんは両方とも、親父が師匠だろ。剣術と手習いの違いはあるけどさ。だから、師匠の色恋ってもんについて、単なる門下生や筆子とは感じ方が違う。特に子供の頃は、親父の色恋沙汰なんて思い描きたくもなかったな」

心之助は手ぬぐいで首筋の汗を拭った。

「しかし、他人の場合は気になるものみたいだよ。松井《まつい》さまのお屋敷で、私も根掘り葉掘り訊かれている。剣術の教え子たちだけでなく、その母上さまがまた熱心でね」

勇実も似たような思い出がある。

「縁談を持ってこられる？」

「そう、そのとおり。松井さまは一千石取りの御旗本だ。ひるがえって、私は縁あってご子息たちに剣術を教えに行っているとはいえ、小普請入《こぶしんい》りのしがない御家人。三十俵二人扶持《ににんぶち》の身だよ。それなのに、ずいぶんと買いかぶられてしまって」

龍治が身を乗り出した。

「不釣り合いな縁談を持ってこられるのか？」

「尻込みしたくなるような良家のお嬢さんとの縁談ばかりだ。禄高《ろくだか》だけじゃなく、私は身寄りもないし、女中や下男を抱えてもいない。こんな男に嫁いできても、お嬢さん育ちのおなごでは苦労するばかりだろう？　そういうのは心苦しい」

心之助はその実、寂しがりやなところがある。正宗を飼っているのも、独り身のむなしさに押し潰されかけていたからだ。

その正宗は今、階下で二親《ふたおや》に甘えているところだ。

望月湯の看板を務める名犬佐助《さすけ》が、正宗の父である。茶色の毛並みに赤い手ぬぐいを巻いているのが洒落ている。

母犬のほうは、ふわふわした白い毛の持ち主で、小雪《こゆき》という名だ。もとは野良《のら》だったが、佐助の子を身ごもっているのがわかってから、望月湯でかわいがられるようになった。

犬は正直でいいな、と勇実は思う。頃合いになれば、あれこれ悩むことなく恋をして、子をなして父と母になる。

人というものは面倒で、厄介《やっかい》だ。なぜこんなにも心がこんがらかって、前に進めなくなるのだろう？

心之助の悩みはそれなりに深刻なようだ。

「松井家の奥さまには、何と申し上げたら私の考えが伝わるんだろうか。私のような、身分も財も、吹けば飛ぶ程度の男には、奥さまがお薦《すす》めしてくださるお嬢さんは高嶺《たかね》の花なのです、と何度も申し上げているんだが」

「いっぺん見合いをしてみたらどうだ？　心変わりするかもしれないぞ」

龍治が冷やかし交じりで言った。

「気が重いよ」

「心さんはまじめだよなあ。もしも心さんが俺の剣術の師匠だったら、確かに色恋沙汰が気になるよ。好いたおなごの前でどんなふうに振る舞うのか、のぞき見をしてみたくなる」

「おや、今までにも浮いた話がないわけじゃなかったんだけど、うまく隠し通せたみたいだね」

「いつのことだ？　相手は俺が知ってる人？」

「さあね。でも、好いた人の前では、私も勇実さんみたいになるよ」

勇実は団扇を取り落とした。

「それはどういう意味だ？」

「相手を見つめるだけで胸がいっぱいになって、それっきり前に進まないという意味だよ」

にこやかに切り返されて、勇実は顔をしかめた。

龍治はけらけらと笑った。

「まあ、心さんのことはあんまり心配してないよ。男前だから、そのうち良縁に恵まれるだろ」

心之助は自分の頬をつついた。

「そうかい？　不細工《ぶさいく》とまで言われたことはないが、決して二枚目でもないだろう？」

「男前ってのは、顔立ちや姿かたちだけを指す言葉じゃないぞ。心意気までひっくるめて、この人は格好がいいなあってときに使う言葉だ」

「心意気ねえ。そうかなあ。そうだと嬉しいけれど」

そういうところだ、と勇実は思う。

心之助は相手の言葉を否《いな》まない。ふんわりと受け止めて吟味《ぎんみ》して、優しく投げ返す。心之助と会話をしていると、気づけば肩の力が抜けている。心之助は居心地のよさを相手に与えるのだ。

「確かに、心さんは男前だ」

勇実が龍治の言葉を繰り返すと、心之助は眉尻を下げて「ありがとう」とつぶやいた。

龍治がふと思い出したように言った。

「男前って言葉、女に使いたくなるときもあるよな。女でも、度胸があって凛々《りり》しい振る舞いをする人がいる。そういう人を誉める言葉って、何だろう？」

菊香もそんなおなごだ。もしも男であったなら、どれほどの剣客だっただろうか。どれほどの男ぶりだっただろうか。そう思わせるくらいの、見事な立ち回りと振る舞いを見せる。

心之助が口を開いた。

「女伊達《おんなだて》、かな？」

伊達というのは、姿かたちも振る舞いも粋な男を誉める言葉だ。その言葉が似合うほどの女は、女伊達という。

龍治は小さく唸《うな》った。

「やっぱり、男に対する言葉がもとになるんだな。そうじゃなくて、いきなり女の凛々しいのを誉める言葉って、ないのか？」

「女傑《じょけつ》？」

「わざわざ女って言わなけりゃ、傑物だってことが伝わらないんだな」

勇実は首をかしげた。

「ふさわしい言葉か。何だろう？」

「物知りの勇実さんでもわからねえか」

「私がよく読んでいるのは、唐土から入ってきた歴史書や物語の類だ。唐土の書物には儒学の考えが色濃く表れているから、男は強く女は日陰に、というところが根強い。烈女《れつじょ》、貞婦《ていふ》と称《たた》えられる人の中に、龍治さんが言うような、男前のおなごが含まれる」

勇実は団扇を紙に、指先を筆になぞらえて、烈女、貞婦と書いてみせた。

龍治はまた唸った。

「なるほどな。女っていう字がやっぱり入るのか。じゃあ、男だ女だって分けずに、胆力《たんりょく》がある人のことを指す言葉ってないかな？」

「どうだろう。漢語を使う言い回しは今言ったとおりだし、日の本の言葉でも益《ま》荒男《すらお》ぶりと手弱女《たおやめ》ぶりというふうに、いにしえの時代から男と女で性質や役割がきっぱり分けられている。強さや勇ましさは、やはりどうしても益荒男ぶりの言葉だ」

心之助は龍治に問うた。

「なぜ急に、女の男前のことを？」

龍治は楽しそうな目をして、身を乗り出した。

「実はさ、今日の昼、正宗を連れて山蔵親分のところに行く途中で、そういうおなごがいたんだよ。いや、女だ男だって言葉で言い表すのがためらわれるくらい、粋な人でさあ！」

三

突然の珍客が矢島家を訪れたのは、龍治が男前のおなごについて語った夜の翌日だった。

勇実の手習所がお開きになった後で、道場のほうは庭の木陰で一息入れているところだった。ちょうど出先から帰ってきた千紘は、勇実のところへ遊びに来た琢馬と一緒だった。すぐ表の通りでばったり会ったらしい。

矢島家の庭には、筆子や門下生を含む大勢がいた。きっとその好機を狙いすましていたに違いない。

「頼もう！　矢島龍治どのはおられるか？」

開け放たれた門の外から、歌うような声が響いた。

騒ぎ回っていた筆子たちも正宗も、思わず黙って、ぴたりと動きを止めた。木刀を手にしたまままくつろいでいた門下生たちは、その瞬間、ぴりりと張り詰めた。

龍治はちらりと眉をひそめたが、すぐに明るく自信に満ちた顔をしてみせた。

「俺ならここだ」

門から入ってきた人物は、一見するに風変わりだった。黒っぽい着流しに袖なしの羽織を引っ掛けて女物の帯を締めた、すらりとした美男だ。髪はなぜか女っぽい潰《つぶ》し島田《しまだ》に結ってある。

いや、違う。

「おなごだ」

勇実は驚いて、思わずつぶやいた。

ちょうど芝居の女形が、体つきは男に違いないのに、たたずまいや気配で女のように見せるのと似ている。

その人は、きちんと見れば紛《まご》うことなき女で、それもとびきりの美女であるのに、出合い頭《がしら》の印象は男だった。

皆のまなざしが集まる中で、その人は堂々と歩んできた。門の外には付き人の姿があり、ここまで乗ってきたとおぼしき駕籠が止まっている。

形のよい手が龍治を差し招いた。

龍治は愛想のいい笑顔をつくった。

「昨日ぶりだな、於登吉さん。あの後は何も起こらなかったかい？」

「ああ。おまえさんに助けてもらった後は、平穏そのものだったよ。昨日はどうもありがとう」

門下生の寅吉《とらきち》が、素《す》っ頓狂《とんきょう》な声とともに跳び上がった。

「お、於登吉姐《ねえ》さんだ！　深川《ふかがわ》の、辰巳《たつみ》芸者の、於登吉姐さん！『明《あ》け星《ぼし》の於登さま』って、おなごからの人気も抜群に高い！　唄の名手で、小芝居の男役をやったら、べらぼうに二枚目って評判の……」

寅吉は言葉を呑んだ。於登吉が寅吉のほうを向き、切れ長な目を細めて微笑んだからだ。

二枚目という評判は伊達ではない。錦絵《にしきえ》が動いているかのようだ。それも、歌舞伎の二枚目役者の錦絵である。

寅吉は、たちまち紅潮《こうちょう》した頬を押さえ、若い娘のようにか細い声を上げて、ふらふらと後ずさった。筆子の白太がちょうど近くにいたので、足下の不確かな寅吉をぱっと支えた。

於登吉のまなざしは、再び龍治へと戻された。

「昨日、おまえさんは名乗ってくれなかっただろう。おかげで、探し当てるのに少し苦労したよ」

「名乗るほどのこともしてないと思ったんだよ」

「あたしは、おまえさんのことを知りたかった。だから探したんだ。白い犬を連れて、腰には木刀を差した、齢《よわい》二十三の武士。剣の腕が立つようで、ごろつきにも一切《いっさい》怯《ひる》まない男。あちこち尋ねて回ってね、どうにか見つけ出すことができた」

耳に心地よい声だ。

道場破りのような台詞を吐いた一声も、艶があって美しかった。台詞が台詞だけに若い男の声かと感じられたのだが、唄の手練《てだ》れだというなら、女にしては太い声も不思議ではない。この声で歌えば、さぞかし迫力があるだろう。

庭の真ん中で、龍治と於登吉は向かい合って立った。上背《うわぜい》は於登吉のほうがある。

勇実のところからは二人の横顔がどちらも見える。勇実は、於登吉の顔つきとたたずまいに、いわく言いがたい不安を覚えた。於登吉は、まるで大舞台に臨むかのように毅然としているのだ。

龍治はしかし、常と変わらぬ明るい顔で笑っている。

「それで、於登吉さん、今日は何の話だ？　繰り返すけど、昨日の一件は、わざわざ改まった礼をしてもらうほどのことじゃないぜ。ありがとうって、ちゃんと言ってもらったしさ。それで十分だ」

「あっさりしたものだね。ますます好ましいよ」

「さっき寅吉が、於登吉さんのことを深川の芸者と言ったけど、そうなのか？」

「おや、あたしの名声を知らないとは」

「すまない。俺はご覧のとおりの剣術馬鹿で、深川のお座敷や宴なんてものにはとんと縁がない。でも、於登吉さんが人気の芸者だってのはわかるよ。華があるもんな。明け星って二つ名にもうなずける。黙って立ってるだけで、ぱっと人目を惹きつけるからさ」

於登吉は、少しかすれた声で笑った。頰を緩めると、たたずまいがいっそう華やぐ。

「おまえさんに誉められると、どうも照れくさいね。あたしのほうこそ、芸事《げいごと》馬鹿と言われているよ。唄と小芝居を磨きに磨くのがただ楽しくて、身請《みう》けの話もすべて蹴ってきた。あたしを囲いたいって人は、おなごのほうが多いね。変わった芸者だろう？」

自慢げな調子ではなく、ありふれた世間話の体《てい》で、於登吉はさらりと言った。さもありなんと、庭に集《つど》った皆が思ったことだろう。

まるで芝居の一幕のようだ。

日頃なかなかおとなしくしていられないはずの筆子さえ、於登吉が主役を演じるこの舞台には、黙って釘づけになっている。

於登吉の相手役は、むろん龍治だ。が、いつの間にか舞台の上に立たされていることに、龍治自身は気づいていないようだった。

だから、龍治は隙だらけだったのだ。

いきなり於登吉に手を取られたとき、龍治はきょとんと目を見張るだけだった。於登吉が龍治の前にひざまずき、熱いまなざしで龍治を見つめたときにも、まだわかっていなかった。

於登吉はいとおしそうに、龍治の手に頬を寄せ、口づけた。

「あたしを身請けしてくれとは言わないよ。でも、ほんの少し、あたしも夢を見てみたくなった。矢島龍治さん、あたしはおまえさんに惚れたんだ。こうやって思いの丈《たけ》を告げることを、どうか許しておくれ。あたしにとって、いっとうまばゆい明け星は、おまえさんだ。おまえさんのことが好きだよ」

悲鳴とどよめきが波紋のように広がった。

当の龍治は、於登吉に手を取られた格好で、身じろぎひとつできずにいる。

そこそこお堅い家柄の御家人の子、海野《うんの》淳平や河合《かわい》才之介は、顔を真っ赤に染めた。ませたところのある町人の子たちは囃し声を上げた。

矢島家の縁側では、珠代と女中のお光《みつ》、白瀧家の女中のお吉が揃って、ぽかんと口を開けている。

勇実や多くの門下生は、ええっと思わず声を上げた後、恐る恐るの体《てい》で千紘の様子をうかがった。

柳眉《りゅうび》を吊り上げた千紘は、遠目にもわかるほど大きな深呼吸を一つすると、傍らの琢馬の腕を取った。

「琢馬さま、わたしたちはお出掛けしましょう。龍治さんたちの邪魔をしてはいけないもの。わたし、花火が見たいです。今年、一度も見に行っていないんですよ。兄上さまは出不精だし、だぁれも誘ってくれないんですもの」

よく通る声は、わざとらしいまでに可憐《かれん》だった。

千紘はさっさと歩き出した。腕を取られた琢馬は抗《あらが》わずに足を踏み出しながら、肩越しに庭の皆のほうを振り向いて、爽やかな笑みを寄越《よこ》した。

「こういうことですから、私たちは花火見物に行ってきますね。続きをどうぞ、ごゆっくり」

噴き出しそうなのをこらえているらしく、琢馬の捨て台詞はくつくつと震えていた。

龍治は、なおも於登吉に手を取られた格好で固まっている。まなざしだけは千紘と琢馬を追いかけていたが、二人の姿が門の向こうに消えても、辛《かろ》うじて口をぱくぱくさせるに留《とど》まった。

少しの間、時が止まったかのようだった。蟬《せみ》の声がやけにうるさく響いた。

時を再び動かしたのは、於登吉である。

「悪いことをしてしまったかな」

つぶやきが寂しげに聞こえた。

正宗がいきなり駆け出し、勢いよく龍治に飛びついた。小さな体にぶつかられるくらい、どうってことないはずなのに、龍治はよろめいた。

それでようやく、きちんと我に返ったようだ。

「ちょ、ちょっとすまねえ」

龍治は於登吉から己の手を取り戻した。かと思うと、たちまちのうちに赤面した。月代《さかやき》まで火照って真っ赤になっている。

すっと立ち上がった於登吉は、少しも動じていない。龍治は気圧《けお》されたように後ずさり、於登吉から目をそらした。

於登吉は涼しい声で龍治に問うた。

「さっきのかわいらしいお嬢さんは、おまえさんの何なんだい？」

「いや、あの……幼馴染みで、ええと……」

龍治はまなざしをさまよわせた。助けを求めるように、勇実を見る。

だが、勇実はそっぽを向いた。

何となく気分が悪い。

龍治は「千紘のことを好いている」と、もう二年も前から勇実に明かしている。自分の言葉で千紘に想いを告げようと試みてもいたはずだ。

今年の正月には、恋敵である井手口《いでぐち》家の嫡男《ちゃくなん》の前でも、千紘への想いをはっきりと口にした。「千紘さんを若さまに取られたくない」とまで言った。

それなのに結局、曖昧なままでずるずると今に至っている。

千紘が花火を見に行きたがっているという話は、お吉から聞いていた。お吉は「きっと龍治坊っちゃまに誘ってもらいたいんですよ」と、楽しそうな内緒話の声音だった。

矢島道場の門下生たちも皆、龍治と千紘の祝言《しゅうげん》はいつになるのかと期待している。小耳に挟んだところによると、今年の初めには、年内か来年になるかの賭けをした者がいたそうだ。いずれにせよ、二人がくっつくことを誰ひとりとして疑っていない。

久助が真剣な顔をして、龍治に詰め寄った。

「どうして千紘姉ちゃんをほったらかしにするのさ？　おいらたちの仲間の中には、千紘姉ちゃんのことが好きなやつだっている。誰ってのは教えないけど。だから、おいら、龍治先生がそんなふうじゃあ、何か悔しい。腹が立つよ」

そう、久助の言うとおりだ。龍治の中途半端な態度は、千紘をないがしろにしているかのように見える。

龍治は、すがるようなまなざしを周囲に向けた。ただ苦笑するばかりの者も、勇実と同じように目をそらす者もいる。筆子たちは遠慮なしに、龍治に膨れっ面をしたり、舌を出してみせたりする。

於登吉は額に手を当てて笑った。

「これじゃあ、あたしがすっかり悪役だね。そんなつもりはなかったんだけど。ねえ、龍治さん。どうしたらいいと思うかい？」

龍治は大きく息をして、於登吉に告げた。

「話をしたい。弁明させてくれ。今のは全部、俺が悪いんだ。於登吉さんの顔を潰すことでもあったよな。すまない」

「わかった」

それから龍治は勇実に告げた。

「手習所を貸してくれよ。勇実さんも同席してくれ。頼む」

勇実は仏頂面《ぶっちょうづら》を自覚しながらうなずいた。


気を利かせた心之助や寅吉が、正宗の散歩がてら、筆子たちを引き連れて、それぞれの家まで送り届けてくれた。門下生たちは道場に引っ込み、稽古に戻った。

於登吉は、付き人も駕籠も追い返してしまった。付き人は心得たものだった。気まぐれな於登吉は、よく一人でふらりと飲みに出たりするらしい。

誰もいなくなった庭は、日差しがだんだんと斜めになり、影が長く伸びてきたところだ。

ずっと鳴り響いていた蟬の声が、ふっと静かになった。

龍治は、ほとんど床に這いつくばるくらいに、深く頭を下げた。

「すまない、於登吉さん。俺には、心に決めた人がいる。だから、於登吉さんの想いには応えられない。さっきは、はっきりとそれを口にすることができず、かえって於登吉さんの気持ちを傷つけてしまった。本当に申し訳ない」

於登吉は、目を閉じて息をつくと、かぶりを振って龍治に言った。

「顔を上げてほしい。あたしのほうこそ、自分勝手だったね。いちばん恥をかいたのはあたしじゃなくて、おまえさんだろう。ごめんね。あたしが余計なことをしなけりゃよかったんだ」

龍治は気まずそうな顔を勇実に向けた。勇実はつい目をそらした。

「勇実さん、こっちを見てくれよ。怒ったときのやり方が、千紘さんとそっくりだな」

「千紘はもっとうるさくするだろ」

「そうでもない。今の勇実さんと同じだよ。機嫌が悪くなると、そっぽを向いて文句を言う。機嫌が悪いどころじゃなく腹を立てると、何も言ってくれなくなる。俺に対して腹を立てたなら、まっすぐその怒りをぶつけてくれればいいのに」

「残念ながら、人の心というものは、そうわかりやすくできていない。言葉は、語るためのものであると同時に、語らないためのものでもある」

「わかりにくいことを言わないでくれってば。勇実さんがどんな言葉を呑み込んでるのか、ちゃんと聞かせてほしい。頼むよ」

龍治は座る位置を変えて、勇実のまなざしの先へと回り込んだ。勇実は観念し、龍治の目を見て問うた。

「結局、龍治さんは千紘とどうなりたいんだ？　所帯を持ちたいと思ってくれているんじゃないのか？　龍治さんがそのつもりでいるはずだと念頭にあるから、私は千紘の縁談を一つも探さずにきたんだ。それは誤りだったのか？」

龍治は唇を噛み、絞り出すように言った。

「千紘さんをよそにやっちまわないでほしい。千紘さんとずっと一緒にいたいんだ」

「気持ちの問題だけじゃなく、祝言を挙げてけじめをつけるつもりはあるのか？　私はそう訊いているんだ」

即答ではなかった。龍治にしては歯切れの悪い答えが返ってきた。

「祝言を挙げることが、俺の気持ちを示すためのただ一つの方法なら、祝言を挙げたいと思うよ。所帯を持って、まわりを安心させたいとも思ってる」

「持って回ったような言い方だな」

「だって、千紘さんを抜きにして勝手に話を進めるようなやり方は、違うんじゃないか？」

「龍治さんがいつまで経っても千紘に何も言わないせいだろう？　私たちが矢島

家の隣に越してきてから今まで、十四年あったんだぞ。なぜ今の今までぐずぐずと結論を出していないんだ？」

「十四年あった、というのはさすがに言いすぎだ。そんな子供の頃にまでさかのぼって責めを負わされても困る。だいたい、幼い頃の千紘さんは、俺の親父にべったりだった。大人になったら与一郎おじさまのお嫁さんになるって言ってさ」

黙って話を聞いていた於登吉が、こらえきれなくなったように笑い出した。

「あたしが割って入る隙もなかったってわけだね。幼い頃からそばにいて、大事に思ってきたのか。あのお嬢さんは、千紘さんというのかい」

「ああ。この白瀧勇実さんの妹なんだ」

龍治は於登吉に勇実を紹介した。今さらながら、勇実は於登吉に会釈《えしゃく》をした。

於登吉は、一つ息をついた。

「千紘ちゃんと会って話をしたいな。謝らなけりゃいけない。花火を見に行くと言っていたね。龍治さん、行き先の心当たりはないかい？」

「行ってみたいと話していた茶屋がある。薬研堀《やげんぼり》のあたりなんだけど、もしかしたら、その茶屋にいるかもしれない。いや、それとも、つき屋かな。店先の床《しょう》几《ぎ》は花火を見るのにちょうどいい」

於登吉は立ち上がった。

「案内してもらいたい。あたしは深川のことならわかるけど、両国のほうは得意じゃなくてね」

龍治はすぐさま立ち上がったが、勇実は動かなかった。

「私は行かないぞ。龍治さんがちゃんと千紘を連れて帰ってこられるかどうか、屋敷で待っているからな」

もしもここに千紘がいれば、暑い中を出歩きたくないからそんなことを言うのでしょう、と呆れられるに違いない。

勇実が暑がりなのは確かだが、こたびばかりはそういうわけではない。千紘のことが気掛かりで、つい龍治の言動の一つひとつに文句をつけたくなってしまう。こんなふうでは、むしろことを荒立ててしまいそうだ。

龍治とは喧嘩らしい喧嘩をしたことがない。それは、お互い腹が立っているときはしばらく離れるようにしているからだ。

話し合ってそんなふうに取り決めたわけではない。たまたま、勇実と龍治のやり方が同じだっただけだ。性格がまるで違うのに、振る舞いが不思議と一致するときがある。

龍治は疲れたような顔をして、勇実に言った。

「わかった。必ず連れて帰るよ。千紘さんが誤解しているなら、きちんと話してわかってもらう。意地を張られるかもしれないけど、逃げずにちゃんと話すから」

四

日暮れまでにはまだ間があるが、空の色は、真っ昼間ほどの濃い青ではない。いずれ青い色は白っぽく薄らいでいき、西のほうだけは赤く燃えて、日が沈めば深い群青色《ぐんじょういろ》へと移ろっていく。今宵《こよい》は晴れて、星がよく見えそうだ。

ひゅーっと音を立てて花火が上がる。

ぱん。

空に花火が咲いた。橙色《だいだいいろ》の花びらは、この明るさの中では、ほとんど目に見えなかった。通りを行き交う人々は足を止めることもない。誰の気にも留めてもらえない花火は、弾ける音まで間が抜けて聞こえた。

千紘は膨れっ面で空を仰いでいる。その隣で、琢馬は帳面と矢立《やたて》を取り出して、何やら書き物をしている。

薬研堀の煮売屋《にうりや》、つき屋の店先の床几は、もう少し暗くなれば、花火を見物しながら酒を飲むのにちょうどよい。

「こういうむしゃくしゃした気分のときは、わたしもお酒を飲みたいのですけれど」

千紘が何度訴えても、琢馬はやんわりと笑ってあしらうだけだ。

「だから、甘酒にしたんですよ」

「甘酒とお酒は全然違います」

「気が立っているときは、甘いもののほうがいいと思いますがね。甘いものがあるだけで、幸せな気持ちになれるでしょう？」

「今のわたしは、別に幸せな気持ちになりたいわけじゃないんです。いらいらして仕方がないんですから！」

「はいはい。好きなだけ愚痴を吐き出していいんですよ。千紘さんの気持ちは察していますのでね」

そう言いながらも、琢馬は帳面から目を上げない。千紘がかりかりして睨んでも、琢馬の横顔は涼しげなものだ。

すでに甘酒は冷めている。暑い夏に熱い甘酒を飲んで汗を流すのが案外心地よいのだが、湯呑を手にしたままあれこれ考え込んでいるうちに、時が経ってしまった。

「どうしてこんなに腹が立つのかしら」

独《ひと》り言《ごと》のつもりだったが、琢馬はこともなげに答えた。

「不安だからでしょう。龍治さんは、おなごにも男にも持てますからね。誰にも取られたくないと思うのなら、さっさとはっきりさせてしまえばいいんですよ」

「はっきりさせるって？」

「幼子《おさなご》のように迷子札《まいごふだ》をつけておくなり、飼い犬のようにつないでおくなり、お好きなように縛ってあげればいいのでは？」

「縛ったりなんかしたら、嫌がられる気がしますけれど。だいたい、龍治さんには、何ひとつ言葉にしてもらっていないんです」はっきりした約束は何もない。わたしだけが望みすぎているのではないかと、ときどき思ってしまいます」

「そういう不甲斐《ふがい》ない男が相手だからこそ、千紘さんのほうがしっかり手綱《たづな》を握ればいいように感じられますが、当の本人からしてみれば、そうたやすいことではないようで」

琢馬はちらりと千紘に笑みを向けた。目尻の笑い皺が色っぽい。麝香の匂いがふわりと漂う。

千紘は唇を尖らせた。

「琢馬さんのほうはどうなんですか？　もう三十でしょう。奥さまを迎えるつもりはないんですか？」

「気が向いたら、というところですね。いや、やっぱり、ずっと独り身でふらふらしているのが気楽かな。尾花家は、あと五、六年もすれば、甥っ子が継いでくれるはずですし」

「甥っ子さんって、亡くなられた兄上さまの息子さんですか？」

「おや、勇実さんから聞いていませんか」

「特に何も。兄上さまは、わたしの前ではわりと無口なんです。わたしがしゃべりすぎるせいかもしれないけれど。『今日は琢馬さんが来ていたよ』なんて言うときも、それだけですよ。どんなお話をしたのか訊いてみても、『何を話したかなあ』って」

千紘が勇実の口ぶりを真似てみせると、琢馬は声を立てて笑った。

「確かに、勇実さんはそういうところがありますよね」

「琢馬さんとのお話を忘れてしまったわけじゃないんです。こと細かに覚えているんですよ。でも、それを言葉にするのを面倒くさがるんです。特にわたしに対しては」

さもありなんと、琢馬はひとしきり笑っていた。存外《ぞんがい》よく笑う人なのだ。

琢馬は仕切り直して言った。

「私も一時《いっとき》はまじめに武家の嫡男《ちゃくなん》らしく、釣り合いの取れた縁組というものを望んでみたりもしたのですよ。でも、どうも性に合わない。合うわけがないと思いません？」

「今の琢馬さまは、奥さまになられる人に心を許すおつもりがないでしょう？　そんなふうでは、琢馬さまはご自宅でゆっくり眠ることさえできなくなるのでは？」

「まあ、そんなところですね。でも、これでいいんです。甥っ子は実に秀《ひい》でていて、人となりもしっかりしているんですよ。甥っ子に後を継いでもらえば、すべての収まりがいい。私が無理に所帯を持っても、話がこじれるだけです」

琢馬は自分の湯呑を手に取り、甘酒をくいと飲んだ。呑み込むのに合わせて、尖った喉仏が動くのを、千紘は何となく眺めていた。

ふと、その目の端に、見知った人の姿が飛び込んできた。千紘は思わず立ち上がった。

「り、龍治さん！」

琢馬はこともなげに言った。

「さっき、看板息子の元助《もとすけ》さんに、使いっ走りをお願いしましたからね。矢島家に行って、千紘さんがここにいることを伝えてきてほしい、と」

皆まで聞かないうちに、千紘はぱっと駆け出した。

龍治が真剣な顔をしてこちらに向かってくるのを、どうやって迎えればよいのかわからなかった。

背中に龍治の声が飛んできた気がした。それでも止まらず、千紘は走った。

そして、ほんの数歩で、向こうから来た人とぶつかった。

「きゃっ」

千紘は弾《はず》みではね飛ばされ、尻もちをついた。

相手は大柄な男で、熊のように毛むくじゃらだ。傍らには、狸の置物に似た男と、狐面《きつねめん》そっくりの顔をした男がいた。

熊のような男は、千紘を見下ろした。にたにたと笑い出すと、急に腕を押さえて大声を上げた。

「ぶつかられたんで、腕が折れたかもしれねえなぁ！　おお、痛《いて》え痛え！」

千紘は驚きのあまり、地面に打ちつけた尻の痛みを忘れた。大げさに痛がる熊に調子を合わせ、狸も狐も囃し立てるように怒鳴り始めた。

「本当に折れてたら、どう落とし前つけてくれるんだよ、ああ？」

「医者にかかるのも安くねえんだよ！　きちっと償《つぐな》ってもらおうか！」

人波がすっと引いていき、往来のにぎわいが遠ざかった。

間遠《まどお》な花火が、ひゅるひゅると上がり、ぱんと弾けた。

熊と狸と狐が千紘を取り囲み、見下ろしている。千紘は座り込んだまま、身動きひとつできない。助けてと叫ぶことすらできなかった。

わあわあと、ごろつきたちが三人がかりで千紘をなじっている。声は聞こえるのに、何を言われているのか聞き分けられない。

毛むくじゃらの太い腕が千紘のほうへ伸ばされる。

千紘はとっさに首をすくめ、目を閉じた。

ぱしん！

小気味のよい音がした。

千紘は目を開けた。使い込まれた木刀の切っ先が、すぐ目の前にあった。

「加減してやったんだぜ。俺が本気で打ち込めば、あんたの腕の骨、本当に折れるぞ。本物の骨折がどれくらい痛いか、試してみるか？」

龍治である。

熊は、打たれた腕を押さえて後ずさった。狐は、迫りくる足を止めた。

木刀の切っ先は、最も近くにいる狸をぴたりと狙った。狸は、思わずといった体で後ずさる。

そのぶん龍治が割って入ってきた。

龍治は右手だけで油断なく木刀を構えながら、体をぎりぎりまで低くして、左腕で千紘の体を抱き寄せた。

千紘は、息が止まった。

汗みずくの龍治の体はひどく熱い。

狸が憎々しげに龍治を指差した。

「またおまえか！　この、くそ生意気な餓鬼め！」

「餓鬼じゃねえって言っただろ！　俺だって、好きであんたらと関わっているわけじゃないぞ！」

「関わりたくねえんなら、その娘か銭を置いて、とっとと失《う》せやがれ！」

「俺を相手に、ゆすりができると思ってるのか？　おめでたい連中だな。痛い目に遭いたくないだろ。失せるのはあんたらのほうだ！」

狐が思いのほか野太い声を張り上げた。

「餓鬼が粋がるのもほどほどにしやがれ！　品川《しながわ》じゃあちょいと名の知れた若獅《わかじ》子《し》三人衆を舐めてもらっちゃあ困るんだよ！」

龍治がこのくらいで怯むはずもなかった。

「品川の獅子がどうした、こちとら江戸の龍だ！」

琢馬が進み出て、愛刀同田貫《どうたぬき》の鯉口《こいぐち》を切った。

「昇り龍どの、江戸の駿馬《しゅんめ》がご助勢つかまつりましょう」

於登吉もまた、琢馬と対《つい》になる位置へ、二人で千紘と龍治を庇うべく進み出た。

「ならば、この明け星の於登吉、怯まぬ武士の心意気を歌いあげてみせようか。さぁさ、皆の衆、しかとご覧じ、しかと聴け。ここなる戦場は、お江戸両国薬研堀。今より戦を開始せん！」

於登吉の語りは途中から唄へと変わった。

拍子《ひょうし》は、興奮に逸《はや》る鼓動のように、心地よく速い。すんなりと耳に馴染む節回しは、しかし時おり不穏な響きを伴って、聴く者をはっとさせる。この唄の行く末が、つまりは昇り龍と駿馬の悪漢退治が、ここから一体どうなっていくのかと、人々の心をつかんで離さない。

千紘はいつしか於登吉を見上げていた。

歌う声音の凜々しさ。ごろつきどもをまっすぐに見据えるまなざしの勇ましさ。背筋を伸ばした立ち姿の、しなやかできりりとした麗《うるわ》しさ。

於登吉は千紘を守るために、刀も持っていないのに飛び出してきてくれた。突然の唄には驚かされたが、それはきっと誰もが同じだ。何だ何だと衆目《しゅうもく》が集まってきたせいで、ごろつきどもは明らかに怯んでいる。

於登吉はとびっきり粋な美女で、同時に、どんな男前よりも頼もしく輝いている。

「ずるい……」

こんなに素敵な人が相手では、千紘がかなうはずもない。むしろ千紘まで於登吉に心惹かれてしまいそうだ。

於登吉はどこからか白銀色《しろがねいろ》の舞扇《まいおうぎ》を取り出すと、刀に見立てて鞘《さや》を払う仕草をした。
呼吸を合わせて、龍治が機敏に立ち上がり、琢馬が刀を抜き放った。
おお、と聴衆がどよめく。
期待の熱がたちまち高まる。
一瞬の、はち切れそうに緊迫した沈黙。
晩夏の夕風が吹き抜ける。
ごろつきどもは、ついに耐えかねて、一歩後ずさった。
そのぶん一歩、於登吉が前に出た。
「いざ尋常に！」
凄まじい気迫と共に一閃《いっせん》された舞扇は、もはや刀にしか見えなかった。
ごろつきどもはきびすを返した。
「お……覚えていやがれ！」
人垣を押しのけて、ごろつきどもは逃げ出した。
於登吉はぐるりと周囲を見渡し、両腕を広げた。
「皆、騒がせてしまったね。しかし、血を見る顚末《てんまつ》にならずに済んでよかった。
今宵は晴れて、花火にはうってつけだ。花火を悪党どもの血でけがしたくはないだろう?」

明け星の於登さま、と呼び声が掛かる。若い女の声だ。於登吉がそちらへ微笑みかけ、手を振ってみせると、悲鳴のような歓声が弾けた。

座り込んだままの千紘に、琢馬が問うた。

「怪我はありませんか?」

「あ、はい。尻もちをついてしまっただけで、もう痛くもありません。ありがとうございます」

千紘の前に、二つの手が同時に差し伸べられた。

片方は龍治、もう片方は於登吉である。

龍治と於登吉は互いにちらりとまなざしを交わしたが、どちらも手を引っ込めはしなかった。

真剣な目をした龍治が、少し震える声で言った。

「さっきは俺が悪かった。本当にごめん」

於登吉は気遣わしげに微笑んで、ごく静かな声でささやいた。

「おまえさんの愛らしい笑顔を奪うつもりはないんだ。あたしはもちろん身を引くよ。おまえさんのようなおなごがそばにいると知っていたら、道場に乗り込むような真似はしなかった」

千紘は眉をひそめた。

「わたしがいるのを知らなかった？　どういうことです？」

琢馬が飄々《ひょうひょう》として言った。

「龍治さんは昨日、於登吉さんご一行を悪漢どもから助けたとき、於登吉さんに気を持たせるようなことを言ったそうですね。自分には相方となるべきおなごがいない、というようなことを」

龍治は目を剝き、慌てて口を挟んだ。

「ち、違う！　そんな言い方はしてない！」

「ですが、周囲にはそんなふうに聞こえたようですよ。と、つき屋の親父さんが先ほど教えてくれました。その場に居合わせたお客さんの話だそうで」

龍治の顔が引きつっていくのを見て、千紘は自分が今どんな表情をしているのか、はっきりわかる気がした。

千紘は於登吉の手を取った。指が長くて華奢《きやしゃ》な手だ。於登吉は千紘を立たせてやりながら、苦笑している。

「そう怖い顔をしなさんな、お嬢さん。あたしは思い込みが激しいところがあるんで、あんな大騒ぎを起こしちまったけど、龍治さんは決して悪い男なんかじゃないよ」

千紘はかぶりを振った。

「悪い男に見えないし、本人もまわりも誰ひとりとして龍治さんを悪い男だと思っていないからこそ、たちが悪うございます。於登吉さま、昨日の出来事について、詳しく聞かせていただけます？」

「かまわないよ。あたしも少し弁明させてもらえたらありがたいと思っていたから」

龍治は、差し伸べた手を半端に宙に浮かせたまま、いわく言いがたい顔つきで立ち尽くしている。

千紘は、つんとそっぽを向いた。

「あの、千紘さん……」

「龍治さんのお話は、於登吉さまのお話が終わった後に聞かせてもらいます」

「……はい」

「さあ、行きましょ、於登吉さま。甘酒もお菜もお酒も全部おいしい煮売屋さんが、このすぐ近くにあるんです」

甘酒もいいねえ、と於登吉は応じた。甘いものは好きだよ、と笑う。

琢馬がおかしそうに声を震わせて、龍治をなぐさめた。

「たまには、腫れた惚れたの騒動で痛い目を見るのも、いい修業になりますよ」

「何の修業だよ……」

「人生そのものの、です。こういうのは、早いうちに経験しておくものですよ。所帯を持ってからだと、もっと大変なことになりますからね」

龍治の呻く声が聞こえた。しょげかえっている気配を背中で感じる。

千紘は振り向かなかった。

まだ許してあげないんだから、と胸の内でつぶやく。

でも、わかっている。

龍治がどこにも行かないと信じられるから、こんな意地だって張れるのだ。

こちとら江戸の龍だ、と千紘を抱き寄せて啖呵《たんか》を切ったその姿は、誰よりも男前だった。

思い返すと胸が高鳴って苦しいから、千紘はあえて、つんつんと怒った顔をしてみせた。

第三話　ただの雨宿《あまやど》り

一

夕七つ(午後四時)頃になると、生ぬるい突風がいよいよ強くなってきた。空を覆う雲の流れは、飛ぶように速い。

「思っていたよりも早くお天気が崩れたわね。兄上さまと菊香さん、大丈夫かしら？」

千紘は雨戸を閉める手を止め、不気味な空を見上げてつぶやいた。

雲の色がおかしい。黒々として分厚いようなのに、橙色とも紫色ともつかない赤みを帯びて、妙に薄明るいのだ。

その途端、稲光《いなびかり》が空を走り抜けた。ごろごろと雷が唸る。

雷を合図にしたかのように、大粒の雨が降り出した。雨は風に乗って、横殴りに叩きつけてくる。

稽古着姿の龍治が、垣根の境の開きっぱなしの戸をくぐって、白瀧家の庭に駆け込んできた。

「今からとんでもねえ嵐になるぞ！　淳平の叔父貴《おじき》で天文方に勤めてる人が今朝、わざわざ知らせに来てくれたんだよ。そのときは半信半疑だったんだけど、こいつはちょっと、本当にまずそうだな！」

突風に負けない大声でしゃべりながら、龍治はてきぱきと働いて雨戸を閉《た》ててくれる。

「門下生の皆さんは？」

「もう家に帰したよ。風が急に強くなってきたから、体が小さい連中が吹き飛ばされないように、将太や心之助に送ってもらった。早めに嵐の兆《きざ》しを教えてもらってたんで、慌てずに済んだぜ」

「今朝は少し風があるくらいで、晴れていたのに」

「そうなんだよ。天文方って、すげえんだな。俺にはよくわからなかったけど、雲の形や風向きや波の高さを見て、何か算勘《さんかん》したら、今日の昼下がりから天気がまずくなるってわかったらしい。ああ、俺、裏のほうも見てくるから」

龍治は勝手口から飛び出していった。

空がぴかりと光った。ほとんど間髪《かんはつ》をいれず、雷鳴が轟《とどろ》く。

千紘は思わず首をすくめた。

「一晩じゅう、こうなのかしら……」

龍治は井戸のそばから桶《おけ》を取ってきたり、物干し竿を横倒しにしてきたりと、一人でてきぱきと働いてくれた。勝手口に飛び込んできたときには、すっかりずぶ濡れになっていた。

お吉が龍治のために、足を洗う水を盥《たらい》に用意していた。龍治は礼を言って、泥だらけになった足を洗いながら、稽古着の袴《はかま》を絞った。

「門下生の皆はもう帰り着いてるよな。雨と風があんまりひどいんで、目を開けていられないんだ。危なくてしょうがない。九州や四国では、夏の間、こういう嵐の日がたびたびあるんだってさ。とんでもないな」

雷鳴が聞こえてくる。雨戸を閉めてしまったので、まだ夜でもないのに、行灯をともさなければならない。

屋敷ががたがたと揺れている。

千紘は家鳴《やな》りに負けないよう、なるたけ元気な声を出した。

「龍治さんのおかげで助かったわ。矢島家のほうは？」

「母屋《おもや》はおふくろとお光がきっちり戸締まりをしてたよ。俺は道場と離れの戸締まりをして、こっちに来た。俺、今日はこっちにいさせてもらっていいかな？　勇実さん、出掛けたままだろ？」

千紘はお吉と顔を見合わせ、安堵《あんど》の笑みを交わした。

「ありがとうございます、龍治さん。兄上さまは菊香さんを送って八丁堀《はっちょうぼり》まで行ってしまって、わたしとお吉の二人で過ごさないといけないと思っていたから」

千紘は、少々の雷ならば何ともない。だが、屋敷ががたぴしと鳴るほどの豪雨と暴風、雨戸にびりびり伝わってくるくらい大きな雷とあっては、さすがに恐ろしい。

龍治はほっとした顔を見せた。

「よかった、追い出されなくて」

「こんな嵐の中を外に放り出したりはしません。屋敷の外の見回りもやってもらったんですもの」

龍治は頭を搔いた。

「久しぶりに千紘さんがしゃべってくれたな。於登吉さんのことがあってから、ぎくしゃくしちまって、千紘さんはずっと俺を避けてただろ？　もう一生許してもらえないんじゃないかと思った」

「一生は言いすぎです。まだ半分くらい許してないけれど」

「その半分、いつ許してもらえる？　俺、千紘さんに話したいことがあるんだ。大事な話。たぶん、悪い話ではないよ」

龍治の思いがけない言葉に、千紘は目を見張った。胸がどきんと高鳴る。どう答えてよいか、わからない。

「は、半年くらい先だったら、許していると思います」

そうか、と龍治はつぶやいた。言葉を呑み込むようにうつむいて、大きく一つ息をする。

顔を上げると、龍治は話を変えた。

「勇実さんは大丈夫かな？　もう八丁堀に着いてるならいいんだけど、途中でこの雨風にやられたんじゃ、たまらないだろ？」

千紘は、まだどきどきする胸をなだめながら、いつものとおりを装った。

「やっぱり菊香さんを引き留めて、今晩は泊まってもらえばよかったわ。明日は朝から用事があるらしくて、急いで帰っていってしまったけれど」

だんだん風雨《ふうう》が強くなってきており、菊香ひとりでは危なっかしいので、手習所から戻ったばかりの勇実を用心棒代わりに同行させた。

だが、その配慮もどうだったのだろう？　嵐が相手では、どんなに腕の立つ用心棒も役に立つまい。

お吉が着替えと手ぬぐいを持ってきた。

「龍治坊っちゃま、こちらをどうぞ。勇実坊っちゃまのものですけど」

「ありがとう。じゃあ、着替えてから上がらせてもらうよ。千紘さんとお吉さんは、あっち行っててくれるかな」

お吉は穏やかな顔で微笑みながら、千紘をからかった。

「あたしは龍治坊っちゃまのぶんの布団を出してまいりますので、千紘お嬢さまはお着替えを手伝ってさし上げたらいかがでしょう？」

えっ、と千紘は声を上げた。

龍治は千紘よりも大きな声で、慌てて言《い》い募《つの》った。

「着替えくらい、一人でやるって！　下帯までぐっしょり濡れてるんだよ。頼むから、二人ともあっちに行っててくれ」

「一人で不便ではありませんか？」

「千紘さん、見たいのかよ？」

「そ、そうじゃありませんけど！　ずぶ濡れになったのは、うちの戸締まりを手伝ってくれたからだし……絞ったり干したりするのは、わたしがやりますよ？」

「……下帯も？」

「兄上さまのぶんは、わたしとお吉で洗濯していますよ。それに、箱根にいる間はわたしと菊香さんで、皆さんの汚れ物の洗濯をしていたじゃありませんか」

龍治は勢いよくかぶりを振った。水滴が飛び散る。

「いや、もう、とにかくあっち行っててくれ。洗濯物は、まあ……後で頼むから。何にせよ、恥ずかしいんだよ」

「恥ずかしい？　そうなんですか？　龍治さんは裸になるのも平気なんだと思ってました」

「平気なもんか！　誰がいつそんなこと言ったんだよ！」

「稽古のときに、見せつけるみたいに脱いでるじゃないですか」

「そりゃ、上は肌脱ぎになるけど、それとこれとは違うというか……」

大工や駕籠かきが着物の裾をからげ、脚も尻も剝き出しにして仕事に励む姿はよく見かける。が、言われてみれば、龍治がそんな格好をするところは見たことがない。武士としてはやはり、そのあたりにはばかりがあるのか。

龍治が渋面になったのが何だかおかしくて、千紘は噴き出した。

「体が冷えないうちに着替えてくださいね。温かいお茶の支度をしておきますから」

「……おう」

龍治は気まずそうな低い声で返事をして、千紘に背を向けた。びしょ濡れで、ぺったりと着物が背中に貼りついている。薄い麻の布越しに、肌の色が透けて見えそうだった。

二

風の吹きつける音と共に、ばらばらと打ち鳴らすような雨の音が響いている。船宿の天井が軋《きし》んだ。遠く近く、雷鳴が聞こえる。

勇実の耳は、その凄まじい嵐の音の中でも、ささやかな衣擦《きぬず》れの音をしっかりと拾った。

音から察するに、菊香はすでに帯をすっかり解いている。濡れた小袖も脱いでしまったに違いない。

背を向けていても、菊香の様子が気になって仕方がない。

今宵はこの船宿の一室で、二人きりで過ごすのだ。

いや違う、これは雨宿りだ、ただの雨宿りなのだ、と勇実は自分に言い聞かせた。


菊香を八丁堀まで送る途中のことだった。折からの風が唐突に激しくなったと思うと、雷鳴とともに大粒の雨が降り出した。

とっさに菊香の手を引いて駆け込んだ先は、船宿の軒下《のきした》だった。大柳屋《おおやなぎや》という看板が出ている。

風をいくらか防いでくれているのは、屋号にあるとおりの大きな柳の木だ。店と寄り添うように立っており、しなやかな枝が風に激しく舞っている。

こんな天気のせいで、日頃は繁華《はんか》な深川も、人通りがどんどん少なくなっていく。

船宿の戸が細く開いた。女将《おかみ》とおぼしき女が顔を出し、真っ赤な唇で、にいっと笑った。

「大変なお天気になってしまいましたねえ。お困りでしょう、お二人さん。せっかくのお出掛けなのに、雨も風も急にきつくなってしまいましたからねえ」

勇実ははっとして、菊香から少し離れた。はぐれてしまわないよう、とっさに菊香の手を握ってしまったのが、今さらながら恥ずかしくなる。

「困っています。が、しかし、これは、あの……」

勇実はしどろもどろに弁明しようとした。

きっと女将の目には、恋人たちが時を惜しんで悪天候にも抗い、逢《あ》い引《び》きをしていると見えたに違いなかった。

心得顔《こころえがお》の女将が、勇実と菊香を差し招いた。

「この嵐はしばらく収まりませんよ。お二人さん、せっかくですから、一晩うちでゆっくりしていってくださいな。ほら、おあつらえ向きじゃありませんか。ねえ？」

船宿とは、川船の取り次ぎの役目を担《にな》う店だ。船を待つ間に酒や料理を出す、茶屋のような構えの店も多い。夜間にも船を手配する店は、客を寝泊まりさせる部屋を備えていたりもする。

中には、寝泊まりこそが中心という船宿もある。旅人を泊めるのではない。恋人たちの一晩の逢い引きのために、部屋と酒食《しゅしょく》を供《きょう》するのだ。

ここはそういう類の船宿だったのかと、勇実はなおさら慌てた。こうなると、もう頭が真っ白になって、言葉の一つも出てこない。

この軒下を飛び出して別の店へ向かおうにも、雨風はどんどん激しくなってくる。横殴りの雨のために、もう目も開けていられないくらいだ。

菊香のほうが先に腹を決め、女将に頭を下げた。

「泊まっていくつもりはありませんでしたので、持ち合わせが十分ではないかもしれません。ですが、少しの間だけでも雨をしのがせていただければ幸いです」

女将はとことん愛想がよかった。

「困ったときはお互いさまと言うじゃありませんか。遠慮なさらずに泊まっていってくださいまし。ああ、ずぶ濡れになっちまって、おかわいそうに。着替えをお貸ししますよ。もちろん、お酒も夕餉《ゆうげ》もお出ししますね」

「急のことで、ご迷惑をお掛けするのでは？」

「いいんですよ。このお天気ですから、お見えになるはずのお客さんがいらっしゃることができずに、仕出しのお料理も余っちまっているんです。だから、泊まっていってもらえると、うちとしても助かるんですよ。一晩ゆっくりしていってくださいな、お似合いのお二人さん」

にんまりとした女将は、勇実と菊香を船宿に招き入れ、てきぱきと泊まりの手《て》筈《はず》を整えてしまった。

女将や手代《てだい》や女中に、自分と菊香の仲はそういうふうではないのだと弁明する余地はあった。手代が足を拭いてくれている間に女将が宿帳をつけていたが、そのときにでも言えばよかったのだ。

長いまつげを伏せた菊香は、傍目には、いかにも楚々《そそ》として見えたことだろう。

だが、勇実は知っている。菊香はその実、あまりにも思い切りがよい。自分の身を投げ出すことにためらいがない。

だからこそ、平然とした様子で、逢い引きのための船宿に一夜の部屋を求めることができた。まるで何かの間違いが起こってもかまわない、と言わんばかりの態度だ。

それは、勇実を受け入れてくれているからではない。信用しているのとも違う気がする。

試されているのかもしれない。楚々としているかのようなその姿は、勇実の目を通して見れば、ひどく冷たい闘志に満ちているとも感じられた。

勇実はこっそりとため息をつきながら、襦袢《じゅばん》を脱いで肌を拭った。下帯までじっとりと湿《しめ》っているが、これはさすがに取ってしまいたくない。

初秋七月。残暑の厳しい季節だというのに、大嵐の今宵《こよい》は妙に肌寒い。鳥肌の立った体に、借り物の浴衣《ゆかた》を引っ掛ける。

「派手だな」

自分の姿を見下ろして、思わずつぶやいた。

紺地の浴衣には、白と青の濃淡を鮮やかに使って、翼を広げた鷹の模様が描かれている。裾のほうには松林、袖のあたりには雲。柄の描き込みが細かくて、とにかく派手だ。

「あの」

菊香の声に、勇実はびくりとした。

「な、何でしょう?」

「……いえ」

それきり菊香は黙った。

衣擦れの音がする。おそらく、浴衣の前身頃《まえみごろ》を整える音。いや、柔らかい帯を締める音だろうか。

いたたまれない。

勇実は着替えを終え、そのまま壁と向き合い続けた。行灯の明かりは、部屋の隅までは届かない。

船宿の泊まり客は、少ないながら、ほかにもいると聞いていた。襖《ふすま》や壁を隔《へだ》てた向こう側で、見知らぬ恋人たちが時を忘れて睦《むつ》み合っているのかもしれない。

しかし、雨風のおかげで、部屋の外の物音は何も聞こえない。それは不幸中の幸いだ。そういうときの物音や声が聞こえてしまったら、菊香と二人きりのこの場で、一体どれほど気まずくなることか。

やがて衣擦れの音がやんだ。

菊香が勇実に声を掛けた。

「濡れた着物をこちらに。お借りした衣桁《いこう》に掛けておけば、明日の朝までには、いくらか乾いてくれるでしょう」

「え、ええ。そちらを向いても大丈夫ですか？」

「どうぞ」

肩越しにそろそろと振り返ると、菊香も同じように背を向けたまま、勇実を横目で見ようとするところだった。

あ、と菊香がつぶやいた。

「派手というのは、勇実さまの浴衣のことでしたか。まるで歌舞伎役者の錦絵にでも描かれそうな、見事な柄ですね」

「ああ、錦絵。確かに。こんな派手な柄は、自分ではとても選べません」

「似合っておいでですけれど」

さらりと言った菊香は、自分の着物を手早く衣桁に掛けた。勇実はいまだにうろたえながら、足下に投げ出した着物をがさりと拾った。

菊香は勇実のほうへ近づいてきて、さも当たり前のことのように、勇実の濡れた衣類を受け取った。かすかに甘い香りが、菊香の髪か肌から漂ったように感じられた。

勇実は、衣類をすべて渡してしまってから、慌てて取り返そうとした。

「これくらいは自分でやりますので」

しかし菊香は聞く耳を持たず、手早く衣桁に勇実の着物を掛けてしまった。肌に触れる襦袢にも、平然とした様子だ。

下帯まで解かなくてよかった、と勇実は思った。菊香が気にしないにしても、勇実はそうではない。さすがに心苦しいし恥ずかしい。

それにしても、と勇実は思った。つい口にしてしまう。

「華やかな彩《いろど》りの浴衣ですね。秋らしい菊の柄ですか」

菊香はうなずき、上目遣いで勇実を見た。

「派手でしょう？」

ああ、と勇実は腑に落ちた。そして慌てて弁明した。

「先ほど私が『派手だな』と言ったのは、自分が借りた浴衣の柄のことですよ。決して、菊香さんのほうを見たわけではありませんので」

「……はい」

「それに、仮に本当にのぞき見をしてしまったのであれば、浴衣の柄のことなど口にしません。浴衣など目に入るはずがないんです。皆まで言ってしまうのは、はばかられますが」

もしもあのとき勇実が振り返ったならば、菊香の肌に目を吸い寄せられてしまったはずだ。そのほかのものなど、意に留まるはずもない。

菊香も察してくれたらしい。

「そうですよね。疑ってしまって、申し訳ありませんでした。ちょうどわたしが浴衣を広げて、何て派手なのかと思ったときに、勇実さまがあんなふうにつぶやかれたものですから」

勇実は笑ってみせ、かぶりを振った。

「派手というより、華やかですね。菊香さんは、いつもの落ち着いた色合いの着物ももちろんよく似合いますが、紅色《べにいろ》や黄色の大きな菊の模様に顔立ちがよく映えています。本当に、その、華やかで、きれいですよ」

勇実はあえて目をそらさず、明るい声音《こわね》をつくり、率直な言葉を選んで告げた。やましい気持ちはないと伝わればいい。いや、ないと言い切るのは嘘になるが、少なくとも、表に出すつもりはない。

菊香は襟元に触れながら、自分の体を見下ろすように目を伏せた。

「自分ではしっくりこなくて、落ち着きません」

「女将さんはきっと、菊香さんに似合うものを選んで、こうして貸してくださったのでしょう」

「名前で選んだだけでは？」

「そうだとしても、菊の名が似合うおなごだと女将さんが思われたからこそその、この柄ですよ」

廊下のほうから、女の声が聞こえた。

「お酒とお食事をお持ちしました。開けてよろしゅうございますか」

女将の声や話し方ではない。きっとお運びの女中だろう。

菊香が障子の傍らに膝をつき、そっと開けた。

その背筋のしなやかな伸び方も、きちんと揃えられた指先も、剣術を身につけた者ならではの凜《りん》とした美しさだ。勇実はいちいち見惚《みと》れてしまう。

菊香は酒食を受け取ると、後はおかまいなく、と女中に告げた。行灯のそばに盆を運び、夕餉の支度を整える。

それから、菊香は勇実を招いた。

「どうぞこちらへ。いただきましょう」

勇実は、いつの間にか止めていた息を、ほっと吐き出した。

「かたじけない。何もかもお任せしてしまって」

「武家の家長である殿方が、そのようなことをおっしゃるものでもないでしょう」

菊香は何でもないふうに、勇実にお猪口《ちょこ》を差し出した。勇実はお猪口を受け取りながら、手が震えるのを隠せなかった。

「あの、酒はあまり飲めないんです。すぐに眠くなったり、無理して起きていれば気分が悪くなったりしてしまうので」

「存じております。ですから、早々に酔い潰してしまおうと企《くわだ》てております」

勇実は目を見張った。冗談かと思ったが、菊香の表情は変わっていない。楚々として、まじめそうで、どこか儚《はかな》げにも見えるものの、その実、益荒男のように激しい魂を隠している。そんないつもの菊香である。

ため息交じりで、勇実はお猪口を盆の上に戻した。

「勘弁してください。だらしない私を信用できない気持ちも察しますが」

「だらしない？」

「朝は起きられないし、よれよれの着物を妹に叱られるし、出不精だし。二月《ふたつき》ほど前には、不養生《ふようじょう》がたたって目を病んでしまいました。きちんとしているとは言えますまい」

「ああ、そういう意味でしたか」

勇実は、痒くもない頰を掻いた。

「女にだらしないという意味ではありませんよ、もちろん。ここ数年は女っ気がまったくない。そして、それを取り立てて悲しいことだとも思っていません。もういっそ、ずっと独り身でもかまわないと考えているくらいです」

菊香は小さく何度かうなずいた。

「千紘さんは、兄上さまはまるで子供のよう、と言っていました。書物に夢中になると、ほかのことは耳にも目にも入らなくなってしまう。本好きの子供がそのまま大きくなっただけのような人なのだと」

菊香は部屋の隅から急須《きゅうす》と湯呑を取ってきて、二人ぶん注《つ》ぎ分けた。中身は麦湯だ。すっかり忘れていたが、この部屋に案内されたときに、着替えと一緒に女中が置いていってくれたのだ。

勇実は麦湯で口を湿した。酒の肴《さかな》として供されたものにも手をつける。

やはりと言おうか、勇実が先に飲み食いを始めてから、菊香も麦湯の湯呑を傾け、箸《はし》を手に取った。旗本のお嬢さまが無役《むやく》の御家人などに遠慮せずともよいのに、と勇実は思うが、菊香は誰に対しても礼儀正しくて、遠慮ばかりしている。

おいしいですね、と勇実が言うと、菊香はうなずいた。しばし無言で箸を動かす。おいしいなどと口に出してみたものの、実のところ、勇実には料理の味が一つもわからなかった。

心の臓が騒ぐのが、いつまで経っても落ち着かない。そうい、そういう目的で使われるらしい船宿に、二人きりなのだ。冷静でいようと胸に念ずるほどに、かえって慌ててしまい、手が震える。

あらかた料理を食べ終えたあたりで、改めて勇実は口を開いた。行灯の薄明かりの中で押し黙っているのは、間が持ちそうになかった。

「や、やはり、腹が減っていましたよね」

「はい。夕餉をいただいて、冷えていた体が温まりました」

「本当ですね。酒も飲めるなら、もっと温まるんでしょうが。それにしても、今、どれくらいの刻限でしょうか。すでに日が落ちた頃ですよね」

「時の流れがまったくわかりませんね。この嵐では月も星も見えませんし、鐘《かね》の音《ね》も聞こえませんから」

外がぴかっと光った。雨戸を閉ざしているにもかかわらず、稲光がわかったのだ。

ほとんど間髪をいれず、雷鳴が轟いた。地響きがした。部屋の壁や天井まで、びりびりと震えた。

勇実は顔をしかめた。

「今の雷、近くに落ちたかな」

菊香は眉を曇らせた。

「千紘さんは大丈夫でしょうか。遠雷は平気でも、大きな音のする雷は苦手だと言っていました。わたし、今日は無理して帰路《きろ》に就《つ》かず、一晩一緒にいることにすればよかった」

勇実は苦笑した。

「大丈夫ですよ。千紘は屋敷にいますし、龍治さんがついています。菊香さんは自分の心配だけで精いっぱいになってもいいはずですよ。びしょ濡れになって体を冷やした上に、私などと一緒に深川の船宿で過ごすことになって」

「噂が立ってしまうとしても、わたしのほうは今さらです。勇実さまこそ、上手に揉み消さないといけないのでは？」

「いや、無役の御家人で独り身の男が一晩ふらりと深川に泊まったくらいなら、さして問題にはなりませんよ」

「筆子の皆さんの前でも、同じことをおっしゃれますか？」

菊香の口調は穏やかだが、問いは鋭い。勇実は答えに詰まった。

「それは……確かに、いささか気まずいですね」

「口裏を合わせることには協力いたします。おかしな誤解をされても困るでしょう」

「そうですね、誤解は困りますね。むろん私も、菊香さんのためにご協力いたします。あの、口裏を合わせるという、聞こえの悪い言葉を使わなくて大丈夫ですよ。菊香さんの名誉を傷つけることはしません。指一本触れないとお約束しますから」

菊香は目を伏せ、ため息をついた。

「失礼いたしました。信用は、しております。ただ、千紘さんに何と説明すればよいのかと考えると、頭を抱えたくなってしまって」

「千紘のことをいつもずいぶん案じてくれているのですね。ありがとうございます」

菊香はかぶりを振った。

「わたしはただ、千紘さんのことが好きなのです。家族を別にすれば、今まで生きてきて出会った人の中で、千紘さんのことがいちばん好きで、大切で、特別なのです。千紘さんには悪く思われたくない。嘘をつきたくない。好きですから」

勇実は、胸の内がざわついて痛むのを感じながら、微笑んでみせた。

「千紘も菊香さんのことを特別な友だと思っているようですよ。千紘は付き合いが広く、親しくしている人も多いほうですが、箱根への旅に誘うほど心を許している相手は、菊香さんだけです」

「それでも、千紘さんにとっていちばん特別な相手は、きっと龍治さまです」

「しかし……いや、比べようがないと思いますがね。武家にとって、縁組の相手となりうる人を好きになれるかどうかと、単に人として惹かれるかどうかは、もともと並べて述べられるものではありませんから」

「ええ」

「千紘は運がいいんです。縁組の相手として、龍治さんなら釣り合いがとれている。まわりの皆も、昔から二人の仲を歓迎している。千紘自身、龍治さんのことを、もう一人の兄のように慕ってきた」

勇実は一息ついた。胸の奥がどうしても痛む。据わりの悪い心地を覚え、苦々しさが込み上げてくる。

殴ってくれていい、と龍治に言われたことがある。龍治は千紘と一緒になりたいという。その望みが勇実の気に食わないとか、龍治が千紘を泣かせるようなことがあれば、気が済むまで殴ってよいと。

勇実にとって、これはそう簡単に片がつく気持ちでもない。先月、辰巳芸者の於登吉が龍治を訪ねてきたときだって、勇実は理不尽なほどに苛立《いらだ》ってしまった。

色恋が絡むと、人はそんなわからず屋になってしまうものなのだろうか。頭で考えればたやすくわかる問いさえ、心では一つも解くことができないのだ。

「龍治さんがさっさと腹を括って、千紘と所帯を持ちたいと申し出てくれるなら、この上なく嬉しいことのはずなんですがね。わかっているくせに、私は、今までどおり変わらずにいられたらよいのにと、どうしても望んでしまうんです」

菊香のこともそうだ。菊香には幸せになってほしいと思う。菊香を幸せにできるのは勇実ではないのだろうとも思う。

けれども、勇実は菊香を好いていて、菊香が自分以外の人のもとに嫁ぐのは、考えるだけでも苦しくなる。

ならば、いろんなことが曖昧な今の間柄のまま、変わらなければよい。いっそ、時が流れなければよいのにと望んでしまう。

菊香は、じっと勇実を見つめている。話の続きを促すまなざしに、勇実は微笑んで息をついた。

言葉にしたのは、千紘のことでも菊香のことでもなかった。

「筆子たちが育っていくのを見るのも、同じような気持ちなんですよ。あの子たちが頼もしい大人に近づいていく姿は楽しみです。でも一方で、寂しい気持ちにもなってしまいますからね。筆子が巣立っていく日には、恥ずかしながら、涙を流してしまいます」

そのときだった。

障子の外から男の声がした。

「ちょいとお二人さん、今なら邪魔してもいいかい？　いや、しばらく聞き耳を立てていたんだが、真っ最中ってわけでもないようだしさ」

その飄々とした語り口を、どこかで聞いたことがあると思った。

記憶をたどって、あっと声を上げる。菊香も同時に、目を丸くして口元を手で覆っていた。

「もしや、次郎吉《じろきち》さんですか？」

勇実の問いに、障子がすっと開いた。

口元にほくろのある、浅黒い肌の男前が、にっと笑った。

「おう、鼠小僧《ねずみこぞう》の次郎吉さんだぜ。久しぶりだな、お二人さん」

勇実たちは四月に箱根に行った。龍治の父で道場主の矢島与一郎が、かつて同門だった佐伯欣十郎《さえききんじゅうろう》の誘いを受けたことがきっかけだ。与一郎は門下生を引き連れ、箱根に剣術道場を構えた欣十郎のもとを訪ねた。

あらかじめ勇実たちが聞かされていたのは、欣十郎の道場の門下生たちとともに稽古をして親交を深めようというものだった。

しかし、箱根にたどり着いてみれば、勇実たちを待ち受けていたのは、お宝とそれを狙う盗人《ぬすっと》たちの大騒動だった。

真偽の入り混じる箱根で出会った盗人の一人が、鼠小僧、こと次郎吉だった。もとは箱根にいた頃の次郎吉は、湯治客《とうじきゃく》にみやげ物を商う仕事をしていた。

江戸で暮らしていたが、博打《ばくち》で失敗し、箱根へ逃げてきたと言っていた。

次郎吉は、勇実たちが箱根を離れるよりも一足早く、姿を消していた。箱根であれこれと暗躍していたが、遂《と》げるべき目的を果たしたのだ。

そして次郎吉は江戸に舞い戻った。鼠小僧と名乗って盗みを働いているのだが、そのやり方が一風変わっていて、江戸っ子たちの間で話題になっている。

勇実は、障子を閉めて部屋に入ってきた次郎吉に問うた。

「どういうことです？　次郎吉さんも雨宿りですか？」

次郎吉は、ふふんと笑った。

「勇実先生よぅ、あんたはずいぶん頭の切れる人だが、とっさの出来事に見舞われると、頭が真っ白になって何も見えなくなっちまうらしいな。今日、この大柳屋で、手前はすでにあんたがたと会ってるんだがね」

「そうでしたっけ？」

「おうよ」

菊香が冷静に告げた。

「大柳屋さまに招き入れていただいてすぐ、土間でわたしたちの足を拭いてくださったのが、次郎吉さんだったのでしょう？」

「そうそう、あのときの手代だよ。菊香姐さんには気づかれていたかい」

次郎吉は胸元をぽんと叩いてみせた。お仕着せの緑色の法被《はっぴ》は、胸に大柳屋の屋号が白抜きで描かれている。

菊香はかぶりを振った。

「いいえ、そのときすぐにわかったわけではありません。こちらの手代さんはずいぶん親しげな声の掛け方をするものだと、少し引っかかってはいましたが」

「ここがまったく別の店で、お二人さんが明るいお天道《てんとう》さんの下を堂々と逢い引きしてるってんなら、こっちも堂々と声を掛けたぜ。でもなあ、大柳屋は人目を忍ぶための船宿だろ。どうしたもんかなと思って、半端な声の掛け方になっちまった」

勇実は慌てて言いつくろった。

「やましいところは何ひとつありませんよ。女将さんに申し上げて宿帳に記してもらったとおり、ただの雨宿りなんです。こちらの船宿の軒下に駆け込んだのは、本当にたまたまで」

「うん、そいつを確かめに来たんだ。あんたら、箱根では捕物に関わってただろ？　いかがわしい宿を調べるにせよ、悪漢どもを叩きのめすにせよ、ずいぶん手慣れていたよな。江戸でもしょっちゅう捕物に首を突っ込んでんのかい？」

勇実は何となく、菊香と目を見合わせた。

「しょっちゅうと言えるほどではありません。ですよね、菊香さん」

「はい。幾度か捕物に力を貸したり、そのためもあって騒ぎに巻き込まれたりもしましたが」

「矢島道場の与一郎先生が昔から捕物の助っ人として働いてきたんですよ。門下には目明かしや下っ引きを抱えています。だから、私もたまに捕物に駆り出されるんです」

次郎吉は口元に笑みをたたえたまま、しかし鋭い目つきで、勇実と菊香をじっと見ていた。

「とりあえず、お二人さんの言葉を信じてもいいかねえ？　いやなに、箱根のときみたいに、同じ獲物を狙ってるんじゃあ、ちょいとやりづらいと思ったんでな」

勇実は眉をひそめた。

「同じ獲物？」

「ずばっと言やあ、お二人さんが恋人同士の逢い引きを装ってこの大柳屋を調べに来たんじゃねえかと、手前は勘繰《かんぐ》ってんのさ。違うのかい？」

勇実と菊香の声が重なった。

「違います」

後を引き継いで、勇実が次郎吉に問う。

「それでは次郎吉さんは、手代として大柳屋に入り込んで、何かを探っていたというわけですか？　この宿から大金を盗み出すために？」

「あんたたちにゃあ、手前の手口がつかまれちまってるもんな。正直に吐くから、今日のところは見逃してくれよ」

盗人からの頼みである。勇実は微妙な心地になった。

とはいえ、箱根では次郎吉に何度か危機を救われた。次郎吉は、根っからの悪人などではないのだ。

鼠小僧の盗みは、不正をおかして大金を蓄《たくわ》えた者のところからその財をごっそりと奪うというもので、おまけにその不正の内訳を盛大に明るみに出す。読売《よみうり》がこぞって鼠小僧を義賊《ぎぞく》と称《たた》えるせいもあって、町の噂も鼠小僧の味方だ。

勇実は苦し紛《まぎ》れに言った。

「見逃せるかどうかは、話の中身にもよりますが」

「おっ、強気に出たねえ。この鼠小僧を止めようってんなら、いいぜ、やってみな。その代わり、あの嵐の夜に勇実先生は菊香姐さんをさらって船宿に連れ込んであんなことやこんなことをしていたと、あちこちで言いふらしてやるからな」

「よしてください、わかりましたから！　止めませんよ」

次郎吉が皆まで言い切らないうちに、勇実は口を挟んだ。

けらけらとひとしきり笑った次郎吉は、身を乗り出し、声をひそめて告げた。

「大柳屋は妙に羽振りがいいってんで、ちょいと噂になっていてな。調べてみたら、確かにそのとおり。この女将は大したやり手だ。勘定所の役人や両替商も、大柳屋の部屋や船を使っていやがった。しかも、べらぼうな高値を支払ってだ」

「勘定所の役人も、ですか？」

勇実の脳裏に琢馬のことが浮かんだ。命のやり取りが絡むほど凄惨な争いが、勘定所内の覇権をめぐって繰り広げられているらしい。

次郎吉は勇実の顔色を読みながら、探りを入れてきた。

「勘定所と両替商のいかがわしい結びつき、とかね。そのあたりのでかい山が手前の狙いなんだが、そういう裏話は、手前より勇実先生のほうが詳しいんじゃねえの？　親父さんが勘定所に勤めてたんだろ？」

「ずいぶん昔の話ですよ。その頃の父の仕事など、私は少しもわかりません。次郎吉さん、私のことも調べたんですね？」

「そりゃあもちろん。言っただろ、あんたがたが日頃から捕物に首を突っ込んでるんじゃないか疑ってたって。まずい連中と知り合いになっちまったんじゃねえかと、ひやひやしてたんだぜ」

次郎吉は一息入れて、話を戻した。勘定所と両替商の件である。

「四年前の文政《ぶんせい》二年に小判の吹き替えがあっただろ。丁銀《ちょうぎん》の吹き替えは、その翌年だ。これまで使っていた元文《げんぶん》年間の小判と丁銀がすり減ってきちまったってのが表向きの名目だが、その実、混ぜ物をして小判や丁銀の嵩《かさ》増しをするのがご公儀の狙いさ」

小判一枚に含まれる金、丁銀一枚あたりに含まれる銀の量を減らし、そのぶん混ぜ物を増やして、一枚ごとの重さを変えない。そうすれば、使用する金と銀の量は同じでも、より多くの小判と丁銀を鋳造《ちゅうぞう》することができる。

いわば、ありもしなかったお金を新たに造り出すようなものだ。無から利益を生み出して、誰が得をするかといえば、ひとまずは幕府の財が増えることになる。

しかし、貨幣の発行がうまく働くとは限らない。

歴史を顧《かえり》みれば、勇実が特に詳しいのは唐土の事情だが、貨幣の改鋳《かいちゅう》が治世《ちせい》の混乱をもたらした例は枚挙《まいきょ》にいとまがない。

今より九百年近く前に建国された宋《そう》では、常に貨幣の兌換《だかん》の問題を抱えていた。

世の中に人の数が増え、商いが盛んになっていくにつれ、古くから使い継がれてきた銅貨では追いつかなくなり、紙のお金が発行された。

ところが、そうした紙のお金は、地方ごとに異なる額面や様式を持っていた。有名な人物で言えば、祖国の宋のために敵国の金《きん》と闘った英雄の岳飛《がくひ》も、各地を転戦しながら、地方ごとのお金をいかに兌換するかで頭を悩ませたらしい。

勇実はそういう歴史を知っているから、お金の改鋳の話を初めて耳にしたときは嫌な感じがした。さらに、新しい小判と丁銀の改鋳が同年内に収まらず、金遣《きんづか》いの江戸と銀遣《ぎんづか》いの大坂の足並みが揃わなかったときには、ご公儀は何のつもりなのかと、生意気な考えを抱いてしまったものだ。

結果だけを見れば、江戸でも大坂でも、さほど大きな混乱は生じなかった。小判一枚あたりに含まれる金の量が減り、値打ちが下がったはずだが、それによる米の値上がりなどもなかったようだ。

とはいえ、まったく何の問題も起こっていないわけではないらしい。

次郎吉は言った。

「古い小判を新しいやつと取り替えなけりゃならないんだが、含んでる金の量が違うだろ？　それで、出し惜しみする者が少なくない。江戸では金の小判、大坂じゃあ丁銀が使われてるが、その両替の相場もいまだにぐらぐらするときがあってな」

「新旧の小判の交換や金銀の両替に不確かなところがあるのなら、その穴を突《つつ》いて不正な儲《もう》けを企てる者がいるのでは？　先ほど次郎吉さんが言った『勘定所と両替商のいかがわしい結びつき』とは、そのあたりが要因なんですね？」

「そういうこと。何にせよ、世の金銀の流れすべてに関わってくるような、でかい山だ。勘定所でうまいこと儲けてる連中は、さぞかし甘い汁を吸ってんだろうな」

なるほど、と勇実はうなずいた。勘定所では、それゆえに覇権争いが激しく、確執の根が深いのだろう。

「では、次郎吉さんがこの大柳屋さんを探っているのも、その線で？」

「うん。大柳屋の荒稼ぎっぷりはなかなかのものだし、得意客の中に勘定所の役人や両替商がいるのも間違いなくて、これはもしやと踏んだのさ」

菊香が口を挟んだ。

「大柳屋さん、やはり儲けていらっしゃるのですね。表の戸口から入ってすぐの小上がりには値打ちのありそうな壺や掛け軸、螺鈿細工《らでんざいく》の小箪笥《こだんす》などが置かれていましたし、女将さんの着物や帯も……特に帯は、柳の模様の刺繡《ししゅう》が見事でしたね」

　勇実はぽかんと口を開けた。

「そうでしたか？」

「ええ。壺はおそらく唐物《からもの》だと思います。座ったわたしの背丈と変わらないほどの大きな、染付の壺。こんなに上等なものを並べているようなお宿に泊めていただくなんて、わたしなど場違いではないかと、恐ろしくなりました」

「菊香さんはよく見ているんですね。私は、あのときはとてもそんな余裕がなくて」

　女将の顔も、どんな会話をしたのかさえ、ろくに覚えていない。ましてや、何の興味もない帯や壺のことなど、目に留まるはずもなかった。

　次郎吉はまた声を立てて笑ってから、菊香の言葉に応じた。

「そうさ、大柳屋はまともな船宿ではありえないくらいに儲けている。女将さんはいつも派手な錦の帯を締めてるぜ。柳の模様のやつを、何本も持ってんだ。でも、俺にとっちゃ見込み違いだった」

　勇実は次郎吉に確かめた。

「では、勘定所の勤めに関わるような不正とは、こちらの宿は結びついていない？」

「ここに手代として入り込んで調べてみた限りでは、違うな。大柳屋の女将の金づるは、女だよ。売れねえ芸者や貧しい家の娘、離縁された武家の女、病気の家族を抱えた孝行娘と、やむにやまれぬ事情を抱えた美人に、女将は金を貸している。その借金を返すために、この船宿で働かせているのさ」

勇実は眉をひそめた。

「働かせているというのは、つまり、春をひさがせている、と？」

「ああ、ここは売春宿だ。勘定所の役人や両替商、ほかには呉服屋の隠居だの顔を隠した侍だの、いろんな連中が来る。むろん、名も肩書も偽ってな」

「大柳屋さんは、そんな商いがお上に知られたら、罰せられるのでは？」

「もちろんそうだな。でも、大柳屋の女将はうまくやっていやがる。人の秘密を握って、そいつを隠してやる代わりに、高い金をもらってさ。だから、女将は金持ちだ。あんたらも気をつけな」

次郎吉は、すっくと立ち上がった。小柄で身軽な男前は、行灯の薄明かりに、両目を鋭くきらめかせている。

部屋から出ていきながら、次郎吉は振り向いて付け加えた。

「ちなみに、今夜ここにいるのは、女将と、料理人、船頭、女中、女郎がそれぞれ一人ずつ、客は両替商の番頭と、あんたたちだ。来るはずだった上客が三人も来なかったんで、料理が余っちまってる。おかげでうまいもんが食えたな」

菊香が小首をかしげた。

「お料理は仕出しだとうかがいましたが、料理人もいらっしゃるのですね」

「一応な。三十五くらいの男前で、店の者の飯を作るのが仕事だ。手先が器用なのもあって、ほかにもいろいろ仕事を請け負ってる。そんで、女将の情人《いろ》だ。ま、そろそろ飽きられてるみてえだが」

「女将さんは独り身なのですか？」

「三十年ほど連れ添った旦那が十年前に死んでからは、ずっと独り身だそうだ。女将はああ見えて、実は還暦間近なんだとさ」

「まあ。四十そこそこだと思いました」

「菊香姐さんみたいに勘の鋭いおなごの目を通しても、そんなふうに見えるんだな」

「着物の感じや声の張りから、そう感じたのですけれど。もっとも、今日は嵐のために薄暗く、行灯が必要なくらいでしたから、わかりづらいのも当然かと」

「女将は、化粧の仕方や着物の派手さから言やあ、三十路《みそじ》の色っぽい大年増でございってところだからな。何にせよ、ここの女将は、人の生気を吸い取って生きる化け物だよ。手前も吸われねえうちに、さっさとおさらばしようと思ってる」

菊香は、呆れているとも感心しているとも見える表情で、ほうと息をついた。

「女将さんはたくましいかたなのですね。少し、うらやましゅうございます」

「たくましすぎるのも考え物だぜ。金勘定はすべて女将が自分でやってんだが、大した財だ。その財の裏側には、いろんな者たちの思惑や妬《ねた》みや恨みが渦巻いてる。危ういぞ」

次郎吉は、楽しくてたまらないというように笑った。

勇実は思わず腰を浮かした。

「見込み違いだったのに、やはりここでも盗みを働くつもりですか?」

「ああ、そのつもりだ。ま、今すぐじゃあないけどな。この船宿で手代を務めてりゃあ、とんでもない大物にたどり着けそうなんでね。手前はな、売春宿の女《め》狐《ぎつね》よりも、もっとどでかい獲物を食らってやりたいのさ」

「お上の探索から巧《たく》みに隠れた悪を裁きたいという気持ちは立派ですが、そのために盗みを働くというのは……」

「罪だと言いたいのかい？　それがどうした？　そもそも手前は立派なことをしたいわけじゃあねえんだよ。自分は他人より賢いから金稼ぎができると思い上がってる連中を、ぎゃふんと言わせてやる。そいつが楽しいってだけさ」

「しかし、そんなことを繰り返していては、いつか次郎吉さん自身が危ない目に遭うのでは？」

「うまくやるさ。邪魔しないでくれよ、勇実先生。手前の行く手を阻《はば》もうってんなら、菊香姐さんと一晩云々《うんぬん》って話に派手な尾ひれをつけて、噂をばらまいてやるからな」

「やめてくださいってば。私も余計なことはしませんから」

下手《したて》に出るしかない勇実に、次郎吉はひらりと手を振った。

「そんじゃ、手前はこのへんで失礼するぜ。のぞきゃしないし、お二人さんの話の邪魔もしないからさ。嵐が去るまで、ゆっくりしていきな。それなりにあくどい船宿とはいえ、料理や部屋は悪くねえだろ？　せいぜい楽しんでってくれよ」

「私と菊香さんの間にやましいことは何ひとつありませんから、手代としての仕事が終わったら、またこちらに話をしに来てもらってもかまわないんですよ」

「むきになりなさんな。今はやましくなくても、これからやましくなるかもしれねえだろ？」

「次郎吉さん！」

「ま、何か困ったことがあったら、手前んとこに来な。階段のそばの狭っ苦しい部屋が、手前の寝床だよ。下男《げなん》部屋ってやつだ。船頭と料理人もいる。ついでに言うと、女中は一階の台所の脇部屋で寝てるはずで、女将の部屋も一階にある」

次郎吉が立ち去る音は、風雨の音に紛れて、勇実の耳に少しも届かなかった。

菊香がぽつりと言った。

「何となく胸騒ぎがします」

「こんな嵐の夜に、盗人《ぬすっと》鼠小僧が目をつけた船宿から出られない。何かが起こりそうな気がしてきますよね」

「今夜は眠らずに過ごす心づもりです。勇実さまの刀は下に預けてしまいましたが、わたしの懐刀《ふところがたな》はここにありますので」

菊香は胸元に手を添えた。浴衣の薄い生地が肌に押し当てられ、胸の膨らみがくっきりと浮き出た。

着物越しには、菊香の体つきはほっそりとして見える。剣術や武術を納めた身のこなしは凜としており、受け答えはあまりにそつがない。だから、ともすれば、陶でできた人形のように白く硬い印象さえある。

それだというのに、あの胸の膨らみはどうだ。いかにも柔らかそうで、たまらない。おなごならではのもちもちとした肌を、否《いや》が応《おう》でも想像させる。

勇実は目をそらした。

「私も今宵は油断せず、眠らずに過ごすことにしますよ」

うたた寝をしたり寝ぼけたりすれば、自分がどんな夢を見て何を口走るか、あまりに心許ない。

三

眠れぬ夜が更《ふ》けてきた。相変わらず刻限はしかとわからないが、夜四つ（午後十時）頃といったところだろうか。

嵐はひと頃よりいくぶん穏やかになったように感じられる。

勇実と菊香は何をするでもなく、時折思い出したようにぽつぽつと言葉を交わしながら過ごしていた。次郎吉が部屋に来て話していったおかげで、まったくの二人きりではないとわかって、緊張が解けたのだ。

菊香が不意に言った。

「前もこんなことがありましたね。初めてお会いしたばかりの頃に」

勇実はそっと笑った。

「懐かしく感じます。お互い黙ったままで庭を眺めたり、取り留めのない話をしたり」

「勇実さまはわたしを急《せ》かさないので、少しお話がしやすいと感じました。それまでわたしの許婚《いいなずけ》だった人は、そうではありませんでしたから」

「のんびり屋でぐうたらしてばかりの私が、人に何かを急かすことは、まあ、ないんじゃないでしょうか。私は、ぼーっとしていられる時が好きなんです」

「千紘さんとはまったく逆ですね」

「ええ。千紘には叱られてばかり。でも、菊香さんは、ぼーっとする私を叱り飛ばしたりなどしませんよね？」

「わたしも、ぼーっとするのは好きですから。何もせずに、時が流れていくのを眺める……日頃はなかなか、気持ちが急いてしまって、できることではありませんが」

何となく、沈黙する。重苦しい沈黙ではない。勇実は肩の力が抜けるのを感じた。菊香が相手だと、浮き立つように鼓動が騒いでしまう一方で、不思議と気持ちが安らぐ。

この穏やかな時が、静かに朝まで続くのだ。心地よいことではないか。

勇実はそう思った。その矢先のことだった。

突然、風雨の音をもつんざく悲鳴が聞こえた。

慌ただしく階段を駆け上がってくる気配がそれに続いた。と思うと、足音はまた、ばたばたと一階へ駆け下りていく。

「何か起こったようですね」

腰を浮かした勇実に、菊香もうなずいた。

「一階ですよね。行ってみましょう」

障子を開けると、廊下に行灯がともされていた。足下に不安はない。部屋を出たところで、ちょうど階段から次郎吉が顔を出した。顔つきがいくぶん硬い。

「お二人さん、呼びに行こうと思ってたところだ。なあ、医者の真似事ってできるかい？」

「どういうことです？」

「怪我人が出た」

菊香が前に進み出た。

「ちょっとした手当てでしたら、わたしが。どなたが怪我をなさったのです？」

「女将だよ。頭から血を流して倒れてんだ。呼んでも起きねえんだよ」

菊香は眉間《みけん》に皺を寄せ、さっと階下へ赴《おもむ》いた。

行灯が一つと手燭《てしょく》が二つ、帳場のそばに集められていた。

華やかな着物姿の女将は、こめかみのあたりから血を流して、冷たい床に倒れている。そのまわりに、船宿の者たちが立ち尽くしていた。

菊香は素早く女将のそばに膝をつき、口元に手をかざした。次いで首筋の脈をとる。

「どうですか、菊香さん？」

勇実が尋ねると、菊香はそっと微笑んだ。

「生きていらっしゃいます。気を失っておられるだけでしょう」

「よかった」

「髪の生え際に傷があって、腫れています。傷口はもうふさがっているようですが、頭を打ってできたものなので、後々になって、思わぬ害が出ることも考えられます。いえ、頭を打ってではなく、何者かに殴られてと言うべきでしょうか」

次郎吉がいくぶん強張《こわば》った顔のまま応じた。

「殴られた、か。やっぱりそうなのかい」

「この様子を見る限りでは、そんなふうに感じます。硬いもので殴られて、傷のあるほうを上にしたまま、ばたりと倒れられたのでしょう」

「女をがつんと殴り倒せるといったら、やっぱり男のしわざかねえ？」

「おなごでも道具を使えば、できないことはないでしょうが」

「しかし、一体誰が？」

次郎吉のさりげない一言に、大柳屋の者たちが身を硬くするのがわかった。首をすくめてしまった者も、慌てて座敷の暗がりへ目を走らせた者もいる。

よそから何者かが入り込んで、女将を殴ったのか？

しかし、見たところ、周囲が荒らされた様子はない。菊香が先ほど言ったとおり、小上がりには、染付の大きな壺や水墨画《すいぼくが》の掛け軸、螺鈿細工の小箪笥《こだんす》など、高価そうな品々が暗がりに紛れてひっそりと並んでいる。

次郎吉が素早く帳場の内側の文箱《ふばこ》を開けた。お代を仮にそこにしまっているのだろう。

「ないな。今日の上がりは、もう金庫にしまっちまったのか？」

大柳屋の者たちはそわそわしている。

勇実は顎をつまんで思案し、慎重に口にした。

「ここに集まっているのが、今宵、大柳屋にいる全員ですか？　女将さんを含む八人で、すべて？」

次郎吉が答えた。

「二階に客が一人いる。齢三十四、中肉中背の男だ。両替商の番頭だよ」

「その人のほかには、どこにも誰もいませんよね？」

「いないはずだぜ。手前と船頭の市兵衛《いちべえ》さんで、雨漏りの用心のために、あちこち探って回ったんだ。途中からは料理人の貫三《かんぞう》さんも一緒にな。納戸《なんど》も押入れも天井裏も全部見た。隠れてるやつがいりゃあ、三人のうちの誰かは気づくさ」

「なるほど」

「もともと、店への出入りは手前がすべて見てるはずなんだよ。客の足の泥を拭ったり、顔も確かめたり。それが手代の仕事の一つだからな」

「表の戸口はそうでしょうが、裏口は？」

「裏はすぐ川に降りられるんだが、今日はこの天気だ。朝から早々に危うい感じになってきやがったんで、昼前には雨戸を閉ざした。仕出しなんかの届けものも、今日だけは表の戸口を使ってもらった。裏口の出入りはなかったよ」

大柳屋の者たちが、次郎吉の言葉を裏づけるべくうなずいた。

だとしたら、やはり、この中に女将を殴った者がいるはずだ。勇実はそう思い、口を開きかけた。

だが、菊香が目顔で勇実を止めた。疑いをかけるのはまだ早い、ということだろうか。余計なことを言えば、かっとなる者が出て、話が聞けなくなるかもしれない。勇実は菊香に目顔でうなずき返した。

菊香は静かな声を上げた。

「女将さんが倒れておられるのを見つけてから、誰も女将さんに触れていらっしゃいませんよね？」

女中が震える声を上げた。

「触れられるわけありませんよ！　死んでるかもしれないのに、気味が悪くて近寄れるもんですか！」

死んでいるかもしれないと思うなら、なおさら、取りすがって生死を確かめそうなものだ。いや、大柳屋の者は女将の生死になど関心がないのか。女将がよほど疎《うと》まれているということだろうか。

勇実は、身を寄せ合って震える女二人に問うた。

「倒れている女将さんを見つけて悲鳴を上げたのは、あなたがただったんですか？　二階まで声が聞こえましたが」

女中ともう一人の女は、はいと返事をした。

先に、三十路くらいとおぼしき女中のほうが名乗った。

「あたしは女中の、なかっていいます。二階でお客の相手をしてた朝瀬《あさせ》ちゃんが、ついさっき、台所の脇部屋に来たんですよ。そのときに、珍しいことにまだ帳場の手燭がついてるみたいだって言うから、気になって二人で見に来たんです。女将は派手な格好をしてますけどね、けちなんです。ほんのちょっとの行灯の油さえ、けちるんですから」

朝瀬という源氏名《げんじな》の女は、菊香と同じくらいの年頃だろうか。二階で客の相手をしていたという言い方がなまなましい。朝瀬は、おなかの言葉に付け加えた。

「お客が寝ちまった後は、あたし、おなかさんのところに行かせてもらうんです。台所と続きで、土間に茣蓙《ござ》を敷いただけの部屋でも、この大柳屋の中でいちばん安心できるところだから」

「朝瀬ちゃんが住んでるのは、このすぐ近所の長屋だけどね、その大家がここの女将なのさ。差配《さはい》も女将の息がかかってるし、朝瀬ちゃんとしちゃあ、やっぱり気持ちのいいもんじゃあないでしょ」

「親の借金があるんで、あたしは逃げられないんです。岡場所のもっとひどい店に売り飛ばされるより、ここでお客を取るほうがましだとも思います。ここのお客は、身元がちゃんとしているもの」

「金払いのいいお客ばっかりなのよ。秘密を守るためってことで、よその船宿よりずいぶん割高なんだけどね。ま、あたしらのところには、その割高なぶんなんて入ってきやしない。女将が独り占めしちまってるから」

おなかは女将が目を覚まさないのをいいことに、忌々《いまいま》しげに女将を睨んでいる。朝瀬は気弱な様子で、女将のほうに顔を向けることもできていない。

次郎吉は手ぬぐいを菊香に差し出した。受け取った菊香は、女将のこめかみの血を拭った。血は固まりかけており、きれいに拭い去れはしなかった。傷口のまわりはぽっこりと腫れている。

勇実は菊香の傍らに屈《かが》んだ。

「争った様子には見えませんね。着物に乱れはないし、ものが散らかっているわけでもない」

菊香は女将の体を仰向けにしようとした。察した勇実と次郎吉が手伝う。

次郎吉は顔をしかめた。

「女将さん、体がずいぶん冷えてるぜ。目を覚ましたときにゃ、風邪ひいてんじゃねえか？　おい、貫三さんよ。あんた、女将さんの部屋に行って、夜着《よぎ》でも着物でも何でもいいから持ってきてやんな」

貫三と呼ばれた男は、撫で肩で細身の優男《やさおとこ》だ。貫三は、整った顔立ちを引きつらせてびくりとした。

勇実にも何となく素性が察せられたが、あえて次郎吉に問うた。

「貫三さんは、女将さんの身のまわりのお世話をする係なんですか？」

次郎吉は答えた。

「いや、料理人って名目で雇われてる。仕事とは別の事情で、貫三さんは女将さんと特別に親しいんだよ。そうだろ、貫三さん？」

水を向けられた貫三は、またびくりとした。その顔をうつむけて、かぶりを振る。

「顔と声を気に入ったってんで、うまいこと雇ってもらえたけど、あたしはもう嫌われてるよ。役立たずと罵《ののし》られてばっかりさ。このところはいつも下男部屋で寝てるだろ？　女将さんの部屋に勝手に入ったら、後で殺されちまう」

「でも、今日の昼頃から夕餉の頃までは、女将さんの部屋で何かしてたよな」

「帯を繕《つくろ》ってたんだよ。端がほつれちまっているのを直す仕事さ。女将さんは上等な着物や帯を買いたがるわりに、扱いが荒っぽいから。あたしは、幼い頃は呉服屋にいて、その後は古着屋で働いてたんで、針仕事はお手の物なんだ」

「そう言ってたよな。物腰が柔らかいのも、呉服屋育ちのおかげか」

「今日はお客がほとんどいないんで、お運びだの何だのっていう、おなかさんの手伝いもなかった。それで、ずっと繕い物をやってた」

貫三はちらちらと女将に目を向けるものの、部屋に夜着を取りに行ってやろうとしない。女将の叱責《しっせき》がそんなに怖いのだろうか。

勇実は、この場にいるもう一人の男、船頭の市兵衛に目を向けた。背丈はそれほどではないが、がっしりと厚みのある体つきである。

市兵衛は、暗がりの中をそろそろと歩いて裏口のほうへ行くと、船頭のお仕着せを抱えて戻ってきた。投げ落とすようにして、女将の体にかぶせる。

「これでも、あったほうがましでしょう」

菊香は市兵衛に黙礼した。

次郎吉が改めて、市兵衛を勇実と菊香に紹介した。

「船頭の市兵衛さんだ。住み込みの船頭は市兵衛さんだけで、ほかの連中は通いなんだよ。でも、今日はこの天気だ。舟を陸《おか》に上げて木に括《くく》りつけたら、昼にはもう、逃げるように帰っていった」

勇実は確認した。

「大柳屋に住み込んでいるのは、女将さんを除くと、女中のおなかさん、手代の次郎吉さん、料理人の貫三さん、船頭の市兵衛さんなんですね？」

「そうだ」

「朝瀬さんのような、客を、その……」

「表向きは女中だ。問われたらそう名乗るよう言ってある。売れっ子の朝瀬は客の相手一本だが、女中と両方やる者もいるしな」

「そういうおなごは皆、通いなんですね？　今宵はたまたま朝瀬さんだけが大柳屋に留まっているだけで」

朝瀬はうなずいた。

「こんな天気のときにわざわざおかしいって思うでしょう？　でも、今晩のお客はね、両替商の番頭さんなんだけど、危ない目に遭うのや怖い思いをするのが好きなんです。痛くされるのも喜ぶの。だから、嵐の中をずぶ濡れになって、ここまで来たんですよ」

次郎吉がちらりと笑って勇実を見やった。からかうような笑みである。

勇実は小さく咳払いをして、朝瀬に言った。

「私たちも風雨の中を突っ切ってきましたが、本当に命が危うのいと感じました。そんななかで、ここに来ることを好きこのむ人がいるのですか？」

「いるんですってば！　小僧さんの頃から、美人の女将さんやお嬢さんにきつく叱られるのが好きだったんですって。でも、番頭さんになったら、なかなかそんなふうにいじめてくれる人がいないでしょ？　だからこんな船宿に来て、あたしみたいなうんと年下の女に冷たくされるのを楽しむんです。この大柳屋は、そういう秘密を抱えたお客が来るんですよ。ほかにも癖の強いお客ばっかり！」

秘密と言いながら、朝瀬はこらえきれなくなったように吐き出してしまった。

次郎吉が付け加えた。

「癖は強いが、金払いのいい上客ばっかりなんだよ。朝瀬さん、お客は今頃、きつく縛られたまんま幸せそうな顔で眠りこけてんだろ？」

朝瀬はうなずいた。

「はい。縛ってきました。部屋に入ってすぐに縛ってあげて、そのまんまです」

勇実は菊香の様子を横目でうかがった。白い顔は表情を変えていないが、居心地のよい話ではない。さっさと話を切り上げるべく、朝瀬に尋ねる。

「では、そのお客さんは身動きがとれないんですね。部屋から出てもいない？」

「出てません。部屋に入ったのは夕七つ（午後四時）頃でした。たぶんお二人が大柳屋に入られるより前ですよね？」

「そうでしょうね」

「お客さんは例のとおりだし、あたしも、さっき降りてくるまでは、ずっと二階の部屋にいました」

勇実は次郎吉に問うた。

「次郎吉さんは、どこで何をしていましたか？」

「あんたたちが転がり込んできた後は、四半刻《しはんとき》（約三十分）ほど店を開けてたんだがね、さすがにもう誰も表に出てないってことで、早々に戸締まりをした。そうするうちに、市兵衛さんが二階の廊下の雨漏りに気づいたんで、ほかにもまずいところがあるんじゃないかって、てんやわんやしながら調べて回っていた」

市兵衛はうなずいた。

「あっしと次郎吉さんとはずっと一緒にいたわけじゃありやせん。次郎吉さんは身が軽いから、天井裏にも行ってくれたし、知り合いにあいさつをすると言って離れたりもしやした」

「知り合いへのあいさつというのは、私たちの部屋に来たときのことですね」

「へい。だが、次郎吉さんと離れたのはそのくらいでさあ。だいたいはお互いに目の届くところにいやしたよ。それから、貫三さんも途中で二階に上がってきて、あっしらの手伝いをしてくれやした」

貫三は市兵衛の証言を受けて、ほっとしたように胸に手を当てた。

「さっきも言ったとおり、初めは繕い物をしてたんですよ。針仕事が終わったんで声を掛けたら、女将さんに怖い顔で睨まれちまって、すぐ二階に上がったんですよ」

「女将さんの部屋はどちらに？」

「ここから見たら、左手の奥になります」

ここというのは、帳場のそばだ。帳場の奥には、客のための小上がりが設けられている。土間を奥まで進んでいくと、右に階段があり、正面の仕切りの向こうは台所、左の突き当たりにあるのが女将の部屋だ。

「貫三さんは、帳場にいる女将さんのご機嫌をうかがいながら、恐る恐る声を掛けたわけですね」

「ええ。いつもは階段のそばに行灯を置いてるんです。あたしは、あのあたりから声を掛けました。でも、女将さんは夜叉《やしゃ》のような顔であたしを睨んで、犬を追い払うみたいに、こう、手を振ったんです」

「それで、二階へ行って、次郎吉さんたちを手伝うことにしたわけですか」

貫三はうなずき、付け加えた。

「二階に行ったり、一階に道具を取りに戻ったりしました。あたしは市兵衛さんと一緒にいることが多かったんじゃないかな」

市兵衛は貫三の肩に手を乗せた。

「貫三さんは力仕事が得意じゃあないってんで、使いっ走りみてえに、雑巾《ぞうきん》を取ってきてくれだの、桶があっちにあったはずだの、そういう用事をさせちまいやした。その間、あっしと貫三さんで何度か一階に降りてきやしたが、女将のいつもどおりの後ろ姿を見やしたよ。なあ、貫三さん」

「今夜はとりわけ機嫌が悪そうだから声を掛けちゃ駄目ですと、あたしが市兵衛さんに耳打ちしましたよね」

「客が少ねえから仕方あるめえと、あっしは答えやした。ぴくりともしねえ後ろ姿は、そりゃもう気味が悪かった。それで、おたくらはどうなんですかい？」

市兵衛が勇実と菊香を見据えた。

「私と菊香さんは、二人ともずっと部屋にいました。証は、お互いが見ていたということだけですが、もし階下に行こうとすれば、雨漏りのせいで動き回っていた次郎吉さんや市兵衛さん、途中で合流した貫三さんが気づくと思います」

「まあ、違いねえな」

「女将さんの様子について、市兵衛さん、何か気づいたことはありませんでしたか？」

「さっき言ったとおりでさあ。近寄ることも声を掛けることもせず、今日もまた気味が悪いこったと思いながら、女将の後ろ姿を眺めただけ」

「気味が悪い？　先ほども、気味が悪いと言っておられましたが、叱られるのが怖いとか疎ましいとかではなく、気味が悪いんですか？」

市兵衛は深くうなずいた。

「疎ましくはありやすが、それよりも、夜の女将の後ろ姿は気味が悪いんでさあ。階段のとこに行灯がある。女将の手元の明かりは、階段のとこから見たら、女将の体に隠れちまってる。そうすると、女将の体の形がうっすら見えるのと、帯のあたりばっかりぼぉっと浮かび上がって見えるんですよ」

「帯のあたりばっかり、ですか？」

市兵衛は、横たわる女将のほうを顎で指した。

「きらきらした白っぽい糸で、柳が刺繍してあるでしょう。それが幽霊みてぇに浮かび上がって見える。女将の帯はそんなのばっかりなんで、夜に見るのは気味が悪いんでさあ」

「なるほど。薄明かりの当たり具合のせいで、帯の柳が幽霊のように見える。それが、店じまいをした後の女将さんの後ろ姿なんですね」

「江戸湊《えどみなと》に船を出す漁師だった親父から、舟に乗るなら信心深くなけりゃならねえと言われて育ちやした。枯れ尾花《かれおばな》の幽霊でも、怖がったほうがいいんです。それと幽霊を見間違うほど暗い中、舟を漕いじゃなんねえ。危ういでしょう？　そ
れが身に染みついてるんで、あっしは怖がりなんでさあ」

市兵衛はそこまで言って、むっつりと黙り込んだ。

沈黙を破って、おなかが言葉を発した。

「あたしが声を掛けたときも、女将はいつもと変わらず、そんなふうでしたよ。

幽霊みたいな帯の、後ろ姿。あたしは夜五つ半（午後九時頃）には台所の片づけを終えて、部屋に引っ込むんです。女将が油をけちるんで、女中はさっさと寝なけりゃならないからね。今日もいつもどおりでした」

朝瀬もうなずいた。

「お客さんのために、階段のとこには行灯を一つつけてます。そのほかの明かりは許されないから、あたしたち、階段のとこの行灯ひとつが頼りなんですよ。そうすると、帳場で女将さんが手燭をつけているのはよくわかります。夜四つにもなって手燭がついてることなんて、めったにないんですけど、今日はついてたんです。しかも、おかしくて」

「今夜は様子が違ったんですね？」

「はい。女将さんがいなかったんです。手燭をつけたまま、帳場から離れてたの。あたし、何か変だと思って、おなかさんに知らせました」

おなかは唇を尖らせた。

「あたしは朝瀬ちゃんに、女将なんてほっときゃいいって言ったんですよ。手燭を消し忘れるくらい、あの年なんだから、あったっておかしくないでしょって」

ずけずけと言うおなかに、勇実はつい苦笑した。

「ずいぶんはっきりとおっしゃるんですね」

「ええ、言ってやるわよ。好かれてやしないのよ、あの人は。おかげで女中はどんどん辞めていく。借金のせいでここから抜け出せないあたしは、女中が入れ替わるたびに苦労させられる。手代の入れ替わりも早いわね。次郎吉さんは顔がいいから、しばらくは女将にかわいがってもらえると思うけどさ」

おなかが言うとおりなら、次郎吉がたやすく大柳屋の手代の仕事をつかんだのも、あっという間に内情を探れるほどに仕事を任されているのも道理だ。

勇実は、市兵衛に問うてみた。

「市兵衛さんも女将さんが苦手なんですか？」

「苦手でさあ。しかし、今は亡き旦那さんに恩があるんでね。いや、はっきり言やあ借金だ。貸してもらった金を利子まできっちり返すにゃ、まだあと五年かかる。それまで女将さんにゃあ生きててもらわねえと困るんですよ」

市兵衛は静かな顔をしていたが、両目ばかりはぎらぎらと光っている。

女将に生きていてもらわないと困る。だから、自分は決して女将を殴ったりなどしないと、無言のうちに訴えるかのようだ。

勇実は帳場の帳面をのぞき込んだ。勇実と菊香の名が書き込まれたところが最後だった。一枚めくって前日のぶんを見ると、売掛《うりかけ》などが細かく記されている。

「変だ」

菊香が目を上げた。

「どうされました？　帳面に不審なところでも？」

「途中のように見えるんです。今日のぶんの締めをしていない」

次郎吉が素早く動いて、帳面を見た。ああ、と声を上げる。

「確かにな。いつもの女将さんなら、まずこいつをしまいまで書いちまう。それから、また別の帳面に客の細かいことを記すんだ。二階で縛られてる客なら、痛めつけられるのが好きとかな。それが商いにつながるってわけだが」

「今日は客入りが少なく、いつもより早く締めができそうなものです。しかし、途中ですよね」

「途中だ。変だな」

勇実は帳面を閉じた。

そして、皆の顔を順繰《じゅんぐ》りに見やった。

「何がどうなっているのか、はっきりとはわかりませんが、今の話の中で明らかに嘘をついた人がいました。まずはその人から詳しいことを聞いてみたいと思います。いかがでしょう？」

四

嘘をついている人がいる。

勇実がそう言った瞬間、疑心暗鬼に陥《おちい》ったのだろう。大柳屋の者たちは、互いにぎょっとした顔を見交わした。

次郎吉だけは、その中で冷静な顔をしている。勇実と目が合うと、にやりと笑いさえした。

「勇実先生、嘘つきは誰だい？」

「貫三さんです」

ひっ、と悲鳴を呑み込んだ貫三は、よろよろと後ずさった。頬には半端な笑みが浮かんでいる。

「何を、そんな……」

「階段のあたりから帳場の女将さんに声を掛けたのでしょう？　繕い物が終わった、と」

「はい」

「夜叉のように怒った顔が見えましたか」

大柳屋の者たちは皆、何とはなしに階段のほうを振り向いた。

いつもそこに置いている行灯は、今は帳場のそばにある。明かりが届かない階段のあたりは、すっかり暗がりに沈んでいる。その奥に壁があるのか、闇が続いているのかさえ、見分けがつかない。

市兵衛が貫三を庇うように腕を広げた。

「貫三さんはつい焦って、おかしなことを口走っただけじゃあないんですかい？　だいたい、あっしは一度、貫三さんと一緒に、女将さんの後ろ姿を見ている。離れていたときはあったが、まさか人を一人殴り倒してこられるほどとは思えねえ」

「市兵衛さんが貫三さんと一緒に見たのは、女将さんの後ろ姿というより、帯ですよね。階段のあたりからでは、幽霊のように見えてしまう帯。それと、手燭の明かりでうっすらとわかる、人影らしき形」

市兵衛は眉をひそめた。

「何が言いてえんです？」

「例えば、そこの大きな染付の壺が柳の刺繡の帯を締めていたら、暗い中では女将さんの後ろ姿のように見えたのではないか、と思ったんです。女将さんは、市兵衛さんやおなかさんが帯を見掛けるより前に、すでに床に倒れていたのではないかと」

　次郎吉が帳簿を指差した。

「これを全部書き終わるより前なら、手前と市兵衛さんが二階の廊下の雨漏りでばたばたしていたときかねえ？　おなかさんは台所で洗い物をしてただろ。行灯はできる限り短い間と言われてるから、日が暮れてからの洗い物は脇目もふらずに大急ぎだ」

　勇実は貫三に目を向けた。

「すべて、思いつきの憶測です」

　貫三は顔を背けると、のろのろと動いて壺のところへ這っていった。壺に腕を突っ込んで何かを取り出し、またのろのろとした動きで戻ってきた。

「こいつで女将さんを殴りました。女将さんがあっちを向いた隙に、こう、ぶんと振り回して」

　貫三が差し出したのは、じゃらりと重たげな袋だ。銭が入っているらしい。

「帳場にあったものを、とっさに手に取って、振り回してしまったんですね」

　勇実の言葉に、貫三は力なく微笑んだ。

「かっとなりました。とうとう辛抱できなくなっちまったみたいです」

「ずっと辛抱してきたんですか。かっとなったきっかけは、何だったんです？」

「帯をきれいに繕ってあげたのに、女将さんはどうでもいいみたいだった。女将さんは、屋号の柳の刺繍の帯なら何だっていいんですよね。どこの店から買おうが、どこの店から借金のかたに分捕《ぶんど》ろうが」

また、借金という言葉が出てきた。

「女将さんとの間に、何か因縁《いんねん》でも？」

勇実が問うと、貫三はうなだれた。

「うちは呉服屋だったんです。小さな店でしたけどね。あるとき、女将さんがうちの番頭の秘密を握って、金を使わせました。どんどん使わせました。番頭はだんだんわけがわからなくなっちまったみたいで、店の金をここに注ぎ込んで、気づいたときには店は火の車。めちゃくちゃになっちまって、番頭は行方をくらまして、うちは店を畳むしかなかったんです」

貫三はまた立ち上がると、螺鈿の小箪笥の裏側から、一本の帯を取り出した。

薄明かりの中でも、柳の刺繍はぼぉっと白く浮かび上がって見える。

「大柳屋の商いは、秘密のあるお客から、いくらか割高なお代を取っているだけ。うちの店の場合、使っちゃいけない金を使い込んだのは番頭で、女将さんがそうしろと命じたわけじゃあないはず。うちの店が潰れてあたしが苦労したのは、いろいろ運が悪かっただけ。わかっちゃいるんですけどね。でも悔しくて」

貫三は、まだ気を失ったままの女将に目を向けた。情人に向けるまなざしではありえなかった。ひどく冷たい。

市兵衛は衝撃を受けた様子でふらついて、貫三のほうから後ずさった。朝瀬は泣き出しそうな顔をしている。

おなかは笑っていた。

「貫三さんがぶん殴らなくても、きっと近いうちに、あたしがやっちまってたわ。返しても返しても、借金が終わらないの。もうそろそろうんざりしてたところよ」

次郎吉は貫三の目を見据えた。

「とっさにやっちまったにしちゃあ、その後の動きは手が込んでる」

「そんなことはないよ。すっかり動転しちまってた。だって、壺に帯を締めたらごまかせるはずだなんて、普通の頭では思いつかないよ。あのときは、まさにこれこそが天啓《てんけい》だと、血が沸き立つように感じられたんだけど、種明かしをされたら、あんまりにも馬鹿げてるって思うでしょ？」

「しかし、みんな騙《だま》されたぜ。女の帯の締め方も、呉服屋生まれ、古着屋育ちのあんたなら完璧ってわけだ。頃合いを見計らって帯を解いて、壺をもとに戻して、知らぬ顔をしていたんだな」

「知らぬ顔、できてたのかな。女将がいつ目を覚ますかと思うと、怖くて仕方なかったんだけど」

「女将さんに近づいたのは、報復のためかい？」

貫三は目を伏せた。

「向こうから近づいてきたから、一体どういうつもりなんだって、探ることにした。でもね、女将はあたしの親の店のことなんか、どうでもよかったみたい。たまたまあたしの顔が好みだったから、雇ったんだって。女将にとっちゃ、自分の商いの陰で小さな呉服屋が潰れるくらい、蚊を叩き潰したのと同じようなもんで、いちいち覚えてもいないんだ」

次郎吉はうなずいた。

「なるほどねえ。よくわかったよ。大柳屋の女将さんがせっせと蓄えた大金は、恨みつらみの権化《ごんげ》ってわけだ」

不穏な気迫を感じ、勇実は次郎吉の横顔をうかがった。

次郎吉は、舌なめずりをせんばかりの表情で、目をぎらぎらと輝かせていた。

嵐の晩から半月ほど経った、秋晴れの昼下がりのことだ。

千紘は、手習いの筆子である桐のところから、いつもより少し遅く戻った。女同士のおしゃべりに花を咲かせていたのだ。

白瀧家の門をくぐろうとしたとき、千紘は、勇実が庭で立ち尽くすところをちょうど目撃してしまった。

菊香が縁側で勇実を待っていたらしい。勇実が矢島家から戻ってきたのを、菊香はきちんと手をついて、座礼で迎えた。

「お帰りなさいませ」

勇実は、抱えていた手習いの道具を取り落とした。

不意打ちだったのだ。今日は菊香が遊びに来ることにはなっていなかった。

それに、今しがたの、美しい所作による「お帰りなさいませ」は、まるで妻が夫を迎える場面のように見えた。千紘ですらそう感じたのだから、勇実は言わずもがなである。

　千紘は門の陰から庭の様子をうかがった。

　手習いの道具を拾った勇実は、千紘のところからは後ろ姿しか見えないが、きっと照れくさそうに苦笑しているに違いない。

「菊香さん、来ていたんですね」

「急なことで、申し訳ありません」

「いえ、来てもらえると嬉しいですよ。長く待ったのではありませんか？」

「お吉さんとお話をしておりました。今日はどうしても早くお見せしたいものがあって、勇実さまや千紘さんのお許しも得ずに来てしまったのです」

　菊香が傍らから紙片を取り出した。勇実は屋敷に上がらず、庭から縁側に近づいて、菊香の手元をのぞき込む。

　勇実は、ああ、と嘆息交じりの声を上げた。

「やはりですね。次郎吉さんが何もしないはずがないと思っていました」

「勇実さまとわたしのことは何も書かれていませんので。念のため」

「ああ、ほっとしました。実際、やましいところは何もありませんしね。私と菊香さんで女将さんの手当てをして、起きたままで一夜を明かして」

「明《あ》くる朝、八丁堀の屋敷まで送ってくださり、ありがとうございました」

「いえ、お礼を言われるほどのことでは。しかし、大柳屋の件は、あの幕引きでよかったのかな」

「貫三さんがおなかさんの手引きで身を隠したこと、ですか？」

「お二人とも江戸を離れるとのことでしたよね。人に怪我をさせた罪を償うことなく」

「こう言っては女将さんに悪いかもしれませんが、あのくらいで済んだのは運がよかったのでは？　女将さんはこぶができただけで、目を覚ましてからも大丈夫そうでしたし、誰に殴られたのか覚えていらっしゃらなくて」

千紘はそのあたりで好奇心が抑えられなくなって、下駄の音を鳴らして門から駆け込んだ。

「ただ今戻りました！　菊香さん、それは読売ね？　何かあったんですか？」

勇実が菊香の傍らから、ぱっと立ち上がった。慌てた顔をしている。

「お、遅かったな、千紘」

「そうかしら？　ところで、兄上さまは何を慌てているんです？」

「慌ててなどいない」

千紘は菊香を挟んで、勇実とは逆側の隣に座った。心得た菊香が、三人に見えるように読売を広げる。

見出しには「鼠小僧、また現る」の文字が躍っている。

勇実は、菊香の隣にそろそろと腰を下ろした。勇実の目は特別だ。文字の群れにざっと目を走らせるだけで、あっという間に文の意味を拾ってしまう。

「深川某町のとある船宿に鼠小僧が忍び込んで、蓄えられていた金を女中や手代らにばらまいた。金は、強欲な女将が客の秘密を握って法外な値で商いをして得たものだった。女中や手代らは女将に借金があったせいで、悪い船宿から逃れられずにいた。しかし、盗みに入った鼠小僧によって悪事をすっぱ抜かれた女将は、船宿を畳まざるをえなくなった、と」

千紘もざっくりとした話は勇実から聞いている。

嵐の夜、風雨をしのぐために入った船宿で鼠小僧、すなわち次郎吉と再会したこと。船宿の女将が何者かに襲われ、殴られたこと。その何者かは嵐とともにやって来て去っていったこと。

勇実の弁明によると、その晩は女将の介抱《かいほう》だ何だと慌ただしくしていたらしい。だから菊香とは何もなかったのだと、かえって怪しいくらいに勇実は強弁《きようべん》した。

菊香は読売から目を上げ、勇実を見た。

「女将さんが長年書き溜めた『秘スベキ宿帳』は、鼠小僧がかまどにくべて燃やしてしまったとありますね」

「本当のことでしょうね。次郎吉さんならきっと、一度目を通した後にそうしますよ。自分に入り用のところは、しっかりと頭に叩き込んだ上でね」

千紘は小首をかしげた。

嵐の夜の船宿で何が起こって、この読売に書かれた顚末につながったのだろうか。あの晩の出来事について勇実に尋ねても、はぐらかされてしまう。菊香も口が堅い。

それ以上に不思議なのは、勇実と菊香の間に漂う何かだ。勇実は前にも増して気持ちをうまく隠せていないのに、菊香が勇実を拒んでいない。

菊香さんを兄上さまに取られてしまうみたい。

そう思うと、千紘は少し妬《や》けてくる。おかしなものだ。勇実が菊香への想いを成就《じょうじゅ》できればよいと、それも千紘の本心なのに。

千紘は菊香に体を寄せ、菊香の肩にもたれかかった。

「菊香さん、今日は泊まっていけるの？」

「いえ、帰りますよ。急に押しかけてしまってはご迷惑でしょうから」

「そんなことありません。菊香さんなら、いつでも来てくれてかまわないわ。でも、帰らなかったら、父上さまや母上さまが心配するかしら？」

「いちばん口うるさいのは貞次郎《ていじろう》ですよ」

菊香は弟の名を挙げて、くすくすと笑った。

花のほころぶような、柔らかくも美しい笑顔だ。着物からは、いつものくちなしの花の匂いが香る。

勇実が立ち上がった。

「私はこれで。今日は道場のほうで稽古をすると、龍治さんと約束してあるんですよ。菊香さん、ゆっくりしていってください」

手習いの道具を千紘に預け、勇実はそのままの格好で木刀だけ持って、庭を突っ切って、行ってしまった。

菊香がまなざしだけで勇実の後ろ姿を追い、すぐに千紘に目を転じた。

「少しおしゃべりをしてから帰りますね」

色の薄い菊香の双眸《そうぼう》には、今は千紘の顔だけが映っている。

第四話　小さな鼠小僧《ねずみこぞう》たち

一

鳶の子の久助は、仲間たちをぐるっと見回して、音頭《おんど》をとった。

「みんな、仲間の証は持ってきてるよな？」

「おう！」

朝早くに集《つど》った仲間は、七人だ。久助、良彦、白太、丹次郎、淳平、才之介、十蔵。みんな、巾着袋《きんちゃくぶくろ》を着物の内側から取り出した。紐をつけて首にかけているのだ。

手習所の仲間の証は、赤備《あかぞな》えの地に六文銭《ろくもんせん》と十文字槍《じゅうもんじやり》の模様が縫い取られた、小さな巾着袋だ。中身は、一粒ずつ違う色に塗った朝顔の種。

去年の夏は、みんなで朝顔の世話をした。鮮やかな赤い花は、英雄真田幸村《さなだゆきむら》の鎧《よろい》の色のようにも思えて、心が躍った。その朝顔の種を毎日数えながら採《と》って、みんなで分け合った。

種を入れるための巾着袋は、花びら染めを教えてくれた菊香先生が作ってくれた。仲間たち全員のぶんだ。とても大切なものだから、決してなくさないように、みんな気をつけている。

今、ここに集まっているのは七人だけだ。

ほかの筆子たちも、もちろん誘った。けれども、店の手伝いがあるとか、妹の面倒を見なきゃいけないとか、屋敷があんまりにも遠いとか、どうしようもないわけがあって、この策に加われなかった。

だからこそ、ほかのみんなのぶんまで、ここにいる七人でしっかりと務めを果たさなければならない。

炭団《たどん》売《う》りの子の丹次郎が、大事に抱えていた帳面を開いて、みんなに見せた。

「鞠千代が、鼠小僧のいちばん新しい読売のことも書いてくれたよ。大人向けの文じゃなくて、おいらたちにも読みやすいように、ちゃんと直してくれてる」

旗本の子で秀才の鞠千代は、五日に一度、麹町《こうじまち》の屋敷から駕籠に乗って通ってくる。もしも鞠千代がこの近所の子だったら、きっとこの集まりにも張り切って名乗りを上げたはずだ。

御家人の子の淳平は思案げに言った。

「この間の鼠小僧の盗みも、ずいぶん用意周到だったよね。やっぱり、義をなすために動くには、念を入れて下調べをしないといけないということだ」

先月話題になった鼠小僧の活躍は、こんなふうだった。

とある船宿の女将さんが、ひどく意地の悪いことをしていたらしい。人の秘密を握って「黙っていてあげるから、お金を出しなさい」と言ったり、お金がなくて困っている人に「お金ならたくさん貸してあげるけれど、そのぶん利子は高くなるわよ」と迫ったりしていた。

女将さんはいつも、きれいで派手な着物を身につけていたそうだ。でも、船宿で働いていた人たちは、女将さんから十分なお金をもらえずにいた。女中さんが夜に行灯を使うだけでも、女将さんにがみがみと叱られていたという。

そんな意地悪な女将さんをやっつけたのが、義賊の鼠小僧だ。

兄が小売酒屋で働いている十蔵は、まだ九つだが、店を構えての商いについてはほかの筆子たちより詳しい。

「銭ってのはさ、稼いで貯め込むだけじゃ駄目なんだよ。ちゃんと使わなけりゃ、銭は蔵や金庫の中で腐っちまうんだってさ。鼠小僧は盗人だけど、銭を腐らせちゃいけないってことをちゃんと知ってる。賢い盗人なんだよ」

十蔵と同い年の才之介は御家人の子だ。屋敷に帰ると、母上が「武士らしい礼儀」についてうるさいらしい。その弾みで、手習所では町人の子たちの話を聞いたり、振る舞いを真似たりするのが気に入っている。

「金勘定がちゃんとできるっていうのは、やっぱり賢いことなんだね」

そりゃあそうさ、と良彦は請け合った。良彦は鋳掛屋の子で、久助の親友だ。

「だって、江戸では、お金がなけりゃ暮らしていけないだろ。まあ、ご公儀のお役に就いた武家だと、ちょっと考えが違うかもしれないけどさ」

「私や淳平さんや鞠千代さんは、自分で銭を使ったことがないんだよ。『武家の者は自分で財布を持つものではありません』と母上から言われるんだ。みんなはそうじゃないんでしょう？」

才之介の問いを受けて、久助も良彦も丹次郎も十蔵もうなずいた。

絵師の卵の白太は、おずおずと口を開いた。

「おいらは、絵を買ってもらうことがあるよ。大人が、おいらに、こんな絵を描いてほしいって言って、それで、ちゃんと描けたら、お代をもらうの」

おお、と仲間たちは声を上げた。

淳平は白太の肩に腕を回した。

「白太の目と手は特別だもの。見たものを全部、きっちり覚えていて、それを絵にすることもできる。こたびの秘密の務めにも、きっと役立つ力だよ！」

秘密の務めとは、勇実先生と龍治先生を探ることだ。

今日は、仲秋《ちゅうしゅう》八月に入って七日になる。

先月の末頃から、勇実先生と龍治先生が連れ立ってこそこそと出掛けていくのを何度も見かけた。

二人は仲がいいから、一緒に出掛けることは不思議ではない。ほとんど毎日、一緒に湯屋にも行く仲だ。

しかし、近頃のお出掛けは、何だか様子がおかしい。

なぜなら、手習所の筆子や道場の門下生がまだ帰っていない刻限に、すっと抜け出して、そっと帰ってくるときがあるのだ。

一体どういうことなんだろう？

その問いを初めに言葉にしたのは、良彦だった。

「勇実先生も龍治先生も、様子が変だよな。俺たちが手習いをやっている間にいなくなるのって、もしかして、千紘姉ちゃんや菊香先生に知られたくないってことじゃないかな？」

久助もみんなも、あっと声を上げた。

千紘姉ちゃんは、近所の御家人の女の子のところへ、手習いを教えに行っている。帰ってくるのは、こちらの手習いが終わるのと同じくらいの刻限だ。

菊香先生は千紘姉ちゃんの友達で、ときどき八丁堀から遊びに来る。千紘姉ちゃんが帰ってくる頃に、菊香先生も「こんにちは」と姿を見せるのだ。

ついでに言うと、勇実先生が菊香先生を好きだということを、筆子はみんな知っている。龍治先生と千紘姉ちゃんは、たぶんもうすぐ祝言を挙げる。

それから、もう一つついでに言うと、筆子はみんな、千紘姉ちゃんか菊香先生のどちらかに、こっそり憧れている。千紘姉ちゃんは元気でかわいくて、菊香先生は美人の上に剣術が強い。

そんな千紘姉ちゃんと菊香先生が、もしもないがしろにされているのなら、黙っておくわけにはいかない。

「おいらたちなら、鼠小僧みたいにできるんじゃないかな」

十蔵がそんなことを言い出したので、久助は身を乗り出した。

「鼠小僧みたいにって?」

「つまり、本当のことを調べるんだ。そこに悪事があるのなら、世のため人のために、暴いてやるのさ。盗みはやらないよ。ただ、真実を調べるだけ」

「それだ!」

久助は手を打った。筆子のみんなも、おお、と声を上げている。

丹次郎は目をきらきらさせた。

「できるよ! みんなで力を合わせたら、真実にたどり着けるはずだ。もしも本当に勇実先生や龍治先生が悪いことをしてるんなら、ちゃんと反省してもらわないとね」

淳平は深々とうなずいた。

「龍治先生は二月《ふたつき》前に悪いことをしでかしたからな。千紘姉ちゃんを怒らせて、悲しませたんだ。龍治先生がまたそういうことをやらないように、私たちで見張ってみよう」

ちょうどその日、手習所に来ていた鞠千代が、難しそうに眉を寄せた。

「私たちが手習いをしている間に勇実先生や龍治先生が出掛けるときは、後をつけるにも、何か策がいりますね。信が置ける誰かに手伝ってもらうことも、必要かもしれません」

うぅん、と少しの間、みんなで唸った。

ひらめいた顔をしたのは、才之介だ。

「寅吉さんにお願いしよう！　あの人、年頃で言えば大人の仲間だけど、私たち子供のことを甘く見ていないんだ。だって、剣術は私のほうがよくできるくらいだもの。手の内の握り方を教えてあげたこともあるよ。寅吉さん、ちゃんと聞いてくれるの」

下っ引きの寅吉さんは、矢島道場の門下生で、去年の暮れに仲間入りしたばかりだ。ひょろりと細い体つきで、よく笑うし、よくしゃべる。

才之介が言うとおり、寅吉さんは筆子たちを変に子供扱いしない。筆子たちのほうも、寅吉さんをあまり大人扱いしていない。鬼ごっこの人数が足りないときは、真っ先に寅吉さんに声を掛ける。

秀才の鞠千代も、才之介の答えにお墨つきを出した。

「寅吉さんなら、捕物のための下調べをするのが得意です。もともと一日じゅう道場で稽古をしている人ではないから、途中でいなくなっても、おかしくありません」

そんなふうにして、筆子たちによる「鼠小僧の策」は動き出した。

寅吉さんに力を貸してもらい、白瀧家の女中のお吉ばあちゃんや、矢島家の女中のお光ばあちゃんにも探りを入れてもらうと、早々にわかったことがあった。

「勇実先生と龍治先生は、昼間は深川に行っているらしい。夕方に出掛けるときは、浅草のほうだ。夕方の浅草には、このところ毎日出掛けている」

久助は、良彦と顔を見合わせた。良彦はしかめっ面だ。自分もきっと同じような顔をしているんだろうなと、久助は思った。

「嫌な感じだな。両方とも、大人の男が遊びに行く場所だよ」

「深川には芸者がいる。浅草には危ない賭場があるんだって」

久助はみんなに向けて言った。

「なあ、やってみようぜ。みんなで力を合わせたら、きっと何だってできるはずなんだ。おいらたちの目で真実を確かめるんだ！」

二

その日、お昼になる四半刻ほど前のこと。

淳平は筆を止め、仲間たちに目配せをして「来たぞ」と知らせた。

龍治先生が足音を忍ばせるような歩き方で、手習所に向かってくる。

ほら、その歩き方からして怪しい。

龍治先生は、堂々とした用事があるときは、牛若丸《うしわかまる》みたいに身軽に飛び跳ねながら駆けてくる。それも淳平たち筆子が一休みしている頃合いを狙ってのことだ。みんなが見ている前で、ひょいと宙返りをしてくれたりもする。

忍び足でやって来た龍治先生と同じくらい、勇実先生もそろそろと動いた。龍治先生が勇実先生に耳打ちする。

内緒話の声は、淳平には聞こえなかった。龍治先生は口元も手で隠していたから、目のいい白太に唇の形を覚えてもらうこともできなかった。

でも、勇実先生が龍治先生にうなずいて、外のほうをちらりと指差した。その仕草で、きっと出掛けるんだとわかった。

龍治先生は勇実先生にちょっと手を振って、手習所を後にした。勇実先生は、何事もなかったかのように、手習いのほうに戻ってきた。

「ああ、将太。代わってくれてありがとう」

将太先生は、勇実先生の父上から手習いを教わっていた人だ。年は、千紘姉ちゃんと同じの十九。勇実先生の手伝いをしているけれど、手習所に来る日と来ない日がある。

今日は将太先生が手習所にいる日だ。つまり、大人の目が多い。油断大敵だ。

ちなみに、将太先生を「鼠小僧の策」の仲間に誘わなかったのは、子供よりも嘘や隠し事や内緒話が苦手だからだ。

将太先生は何も知らず、何も気づかないまま、にかっと笑った。

「いえ、代わるったって大したことは何も。今日は何だか皆おとなしいから、書き取りもそろばんも、どんどんはかどっていますよ。このぶんだと、早めに昼飯が食えそうですね」

淳平は、どきっとした。ほかのみんなもそうだろう。

こんな大事な日に、居残りなどすることになってしまってはたまらない。今日はここまで終わらせよう、と決められたぶんを、なるたけ早く片づけなければいけない。

そういう張り詰めた気持ちがあるから、ほとんど誰もおしゃべりをせず、自分の天神机にしがみついて、一生懸命に筆を動かしたりそろばんを弾いたりしていた。

将太先生はともかく、勇実先生はときどき妙に勘がいい。ここで策に気づかれてしまったら大変だ。

淳平は、隣の机の才之介に目配せをした。

才之介は小さくうなずくと、手筈のとおりに、おなかを押さえて顔をしかめた。

「あのぅ、勇実先生、何だかおなかが痛いんです」

勇実先生と将太先生は、はっと顔つきを硬くした。勇実先生は才之介のところまで来ると、体を屈《かが》めて目の高さを才之介と揃えた。

「熱がありそうな顔色ではないが、どうしたものかな。横になって、将太に診てもらうか？」

「うぅん……」

「いつから痛むんだ？」

淳平は急いで這っていって、才之介の体を支えた。

「昨日です。手習いの後、道場での稽古のときから、才之介はおなかが何だか変だって言ってました」

淳平と才之介は、二人とも矢島道場の門下生だ。淳平が考えた筋書きに従って、才之介は昨日の稽古中から、今日のための仕込みをしていた。

か細い声で才之介は言った。

「昨日は屋敷に帰って横になったら、痛くなくなりました」

庭のほうから、寅吉さんの声が聞こえてきた。龍治先生が出掛けるのを「行ってらっしゃい」と大きな声を上げて見送ったのだ。

淳平は、畳みかけるような早口で言った。

「才之介の家はすぐ近くだから、私が負ぶって連れていきます。稽古の後はいつも一緒に帰るので、屋敷の人たちとも顔見知りなんです」

勇実先生はうなずいた。

「わかった。うちの屋敷で横になってもらおうかとも思ったが、確かに才之介の屋敷はすぐそこだな。連れていってやるといい」

才之介は淳平の袖をつかんだ。

「屋敷に女中しかいないかもしれない」

「うん、私がしばらく様子を見ていてあげるよ。じゃあ、勇実先生、将太先生、行ってきます」

淳平は素早く動いた。才之介を背負うと、ささっと手習所を後にする。もちろん才之介の草履《ぞうり》はきちんと持って出た。

矢島家の門のすぐ外で、寅吉さんが龍治先生の行方を確かめておいてくれた。

「やっぱり深川のほうに行っちまったよ。龍治先生は足が速いが、今ならまだ追いつけるはずだ。いつも同じ道を通るしな」

才之介は淳平の背中からぴょんと飛び降りた。草履をつっかけ、しゃんと背筋を伸ばす。

淳平は、間違っても手習所にまで響いてしまわないような小声で言って、向かうべき先を指差した。

「よし、龍治先生を追いかけよう！」

勇実先生の手習所の筆子には、本所の子が多い。何人かは、両国橋の向こう側からやって来る。

今日の「鼠小僧の策」の仲間の中では、白太の家がいちばん遠い。田所町《たどころちょう》にある版木屋《はんぎや》が白太の家で、そこから通ってくるのだ。

一方、淳平と才之介は、手習所から目と鼻の先の本所相生町に住んでいる。だから、仮病を使って手習所を抜け出す役目にぴったりだった。でも、本所からほとんど出たことがないという弱点も持っている。

その弱点をうまく補ってくれたのが、寅吉さんだ。

寅吉さんは深く考え込むような顔をして、知恵を絞ってみせた。

「二人とも、きちんとした武家のお子なんだ。付き人なしで出歩くと目立ちそうだから、手前が下男のふりをするよ。一緒に行って、まわりの目をごまかそう。この策、どうだい？」

才之介は素直に寅吉さんの策に飛びついた。これで完璧だ、と喜んでいる。

十二の淳平は、才之介よりも裏を読むことができた。寅吉さんはきっと、深川という不慣れな場所に子供二人で行かせるのを不安に思ったのだ。だから、下男役を申し出てくれた。

行っちゃいけないとか、危なっかしいとか、そういう嫌な言い方をされていたら、寅吉さんのことが少し嫌いになるところだった。この人も結局ただの大人なんだな、と。

でも、そうじゃなかった。

寅吉さんは、字を書くのや金勘定は苦手でも、実は頭がいいのだと思う。子供が使う言葉を、まだ使うことができる。それでいて、大人と話をするときは、大人の言葉でしゃべることもできる。

才之介が淳平を振り向いた。

「ここから先は知らない町だね。誰かに正体を訊かれたら、淳平さんと私は兄弟、寅吉さんは深川生まれの下男ってことにするよ。深川の道がわかるから、私たち兄弟の案内を務めることになったっていう筋書きでね」

淳平はうなずいた。

「筋書きはばっちりわかっているよ。才之介、手習所に戻るまでは、私のことを兄上と呼ぶように」

「はぁい、兄上」

にやっと笑い合うと、楽しくてたまらない。

龍治先生を追いかけるのは、なかなか骨の折れることだった。龍治先生の歩き方は、まるで宙を滑っているか、地を縮めているかのよう。とても足が速いのだ。

まだ背が低くて歩幅が小さい才之介はもちろん、淳平や寅吉さんまで、小走りにならないとついていけない。

すぐに汗が噴き出した。息も上がってくる。

でも、三人とも道場で鍛《きた》えている。それに淳平と才之介は毎日、手習所の仲間たちと追いかけっこをして走り回っている。寅吉さんだって、下っ引きの仕事では、江戸じゅうを走り回ることがあるらしい。

「このくらい、どうってことないや」

才之介が言うので、淳平も平気な顔をしてみせる。

「確か、だいたい半里だよね？」

寅吉さんはうなずいた。

「そうそう、龍治先生が何度か行っていた先は、手習所から半里ばかり南の、深川西平野町《にしひらのちょう》だ」

龍治先生の背中は、ちゃんと追いかけられるところにある。あまり近づきすぎないように、見失わないように、ついていく。寅吉さんに教えられたとおりの距離で、淳平と才之介はうまくやっている。

深川には大きなお寺もあるけれど、お坊さんのほかに、唄や三味線《しゃみせん》や踊りの名手である芸者が大勢住んでいるらしい。芸者を呼んで宴を開くための料理茶屋も、たくさんあるそうだ。

宴でお酒を飲んで酔っ払った大人は、何をしでかすかわからない。話が通じなくなる人もいるし、急に大声で歌い出す人もいるし、べたべたと他人にさわりたがる人もいる。

淳平も、例えば花見の宴のときには、そんなふうになった大人を見掛ける。いつも静かな人が真っ赤な顔で騒ぐ姿は、あまり好きではない。

だから、夕方や夜の深川はちょっと怖い場所になるというのも、うなずける話だ。昼間にも酔っ払いが出る通りもあるそうだけれど、寅吉さんの下調べによると、龍治先生はそんな通りは使わないんだとか。

そろそろ目的の場所に近づいたらしい。

左右どちらを見ても、並んでいるのは、店の構えを持つ建物ばかりだ。看板が出ていて、通りに面したところにお客さんのための戸口があって、二階はきっと店の人の住まいになっている。

本所は武家屋敷が多い。一軒ずつ垣根に囲われて、家柄に応じた形の門が設けられている。屋敷の造りは平屋だ。大きな旗本のお屋敷ともなると、庭がとても広い。

寅吉さんが前のほうを指差した。

「こないだと同じなら、あそこの料理茶屋が怪しいんだ。すみれ屋って看板、見えるかい？」

淳平と才之介はうなずき、龍治先生の後ろ姿を睨んだ。

ほどなくして、あっ、と才之介は声を上げた。

「本当だ。龍治先生、すみれ屋のところで立ち止まったよ」

寅吉さんは、すみれ屋と隣の店を指差して、違いを教えてくれた。

「隣は商い中だ。でも、すみれ屋は暖簾《のれん》が出てないでしょ。昼は商いをやってねえんだな」

淳平は首をかしげた。

「ここで昼餉《ひるげ》を食べるわけでもないんなら、どうして龍治先生は、わざわざすみれ屋に来たんだろう？」

「兄上、私たちでそれを探るんだよ」

才之介は、しっかり者の弟の口ぶりで言った。

龍治先生が急にきょろきょろとまわりを見渡した。淳平は才之介の肩をつかんで、慌てて立て看板の陰に引っ込んだ。

寅吉さんは、立て看板の上から顔をのぞかせて、龍治先生の様子をうかがってくれた。

「もう大丈夫だ。待ち人が来たよ。龍治先生がこっちを見る心配はねえ」

淳平と才之介は、立て看板の陰から顔をのぞかせた。

龍治先生と話をしている人を、淳平も才之介も知っていた。

「於登吉さんだ」

二月前、いきなり矢島家にやって来て、龍治先生の手を握って千紘姉ちゃんを怒らせた人だ。

あのときはびっくりした。龍治先生がすぐに千紘姉ちゃんに謝らなかったから、みんなで龍治先生を睨んでやった。

実のところ、於登吉さんはそれほど悪い人ではなかった。あの騒ぎの次の日には、お菓子を持って謝りに来たのだ。

千紘姉ちゃんはすでに仲直りをしたようで、於登吉さんと笑い合っていた。龍治先生だけは、ずっと気まずそうな顔をしていた。

於登吉さんが持ってきたのは、上等な羊羹《ようかん》と有平糖《あるへいとう》だった。手習所と道場のみんなで分けることができるくらい、たくさんあった。騒がせてごめんねと、於登吉さんは子供相手にも頭を下げてくれた。

ついでに言うと、才之介や鞠千代には、於登吉さんが女の人なのか男の人なのか、よくわからなかったらしい。淳平は、たぶん女の人だろうと思った。

「どうして龍治先生と於登吉さんが会って話をしてるんだろう？」

淳平は疑問を口にした。ここからでは、二人の話はちっとも聞こえない。

すみれ屋の中から、女の人が出てきた。おばさんだ。矢島家の珠代おばさんと同じくらいの年頃に見える。

龍治先生と於登吉さんとおばさんは、三人で話し始めた。おばさんが何か紙を持っていて、それをのぞき込んでいる。書かれたことを指差しながら、一つずつ確かめているらしい。

話はすぐに終わった。三人とも笑顔だ。おばさんは深々と頭を下げた。龍治先生と於登吉さんは笑顔でうなずいた。

龍治先生は、もう用が済んだとばかりに、ぱっと身をひるがえして駆け出した。すごい勢いで遠ざかっていく。

於登吉さんは龍治先生の後ろ姿に手を振った。おばさんは於登吉さんにお辞儀をして、すみれ屋に入っていった。

才之介はぎゅっと眉根を寄せた。

「今、何の話をしていたんだろう？」

寅吉さんは、すみれ屋の前から歩み去ろうとする於登吉さんを指差した。

「走っていった龍治先生には追いつけねえな。でも、於登吉さんはまだそこにいる。二人で、さっきの話は何なのか、尋ねに行ったらどうだい？」

淳平は、才之介と顔を見合わせた。寅吉さんに尋ねてみる。

「寅吉さんはどうするの？」

「ここで待ってるさ。こういうときは、大人より子供のほうがうまくいく。それに、手前は於登吉さんの前に出ると、どうも上がっちまいそうでさ」

於登吉さんは「明け星の於登さま」なんて呼ばれるくらい、人気がある歌い手なんだそうだ。

確かに、於登吉さんはすごい美人で、それでいてとびきりの色男みたいでもあって、普通の人とはまったく気配が違う。ただ、その不思議なところが人気の秘《ひ》訣《けつ》というのが、淳平にはぴんとこない。

「寅吉さんは千紘姉ちゃんのことが好きなんでしょ？　千紘姉ちゃんはかわいいから、それは私にもわかる。でも、於登吉さんのことも好きなの？　どうして？」

淳平が率直に尋ねると、寅吉は顔をくしゃくしゃにしかめた。

「おまえさんたちも、好きなお菓子があって、好きなお菜があるでしょ？　お菓子とお菜で味わいはまったく違うけど、好きなもんは好きでしょうが。そういうことだよ」

才之介もまた率直に言った。

「千紘姉ちゃんも於登吉さんも、龍治先生のことが好きだよね。寅吉さんはやっぱり龍治先生にはかなわないって寸法だね」

寅吉さんは、がっくりとうなだれた。

「わかってるってんだよぉ……だから、手前は龍治先生に心底、男惚れしてやるんだって胸に誓ってんだ。そしたら、何ひとつかなわなくったって、悔しくねえだろうがよぉ……」

そう言いながらも、やっぱり寅吉さんは悔しそうだ。

淳平は、大変そうだなと思った。でも、寅吉さんがまわりのみんなのことを好きなんだとわかって、そこはほっとした。

「才之介、行こう。寅吉さんはここで待ってて。すぐ話を聞いてくるから！」

淳平は才之介と一緒に駆け出した。

「於登吉さぁん！」

才之介が幼い声で呼びかけると、ぱっと振り向いた於登吉は、思いのほか優しい顔で微笑んでくれた。

三

白太は、あれこれとたくさんの用事を言いつけられると、すぐに頭がぐちゃぐちゃになってしまう。そうしたら、いつにも増して、言葉が口から出なくなる。

焦った白太がうまくしゃべれないとき、ほとんどの大人はいらいらしてしまう。それで、白太は叱られる。叱られると、また焦りが募って、頭の中のぐちゃぐちゃがひどくなってしまう。

去年くらいから、白太はだんだんわかってきたことがある。

「順番を決めたらいいんだ」

今のところ、自分で順番を決めても、うまくいくときといかないときがある。でも、誰かに決めてもらったら、頭の中のぐちゃぐちゃは、ずいぶん扱いやすくなる。

だから、今日の白太は、「鼠小僧の策」の仲間にきっちり順番をつけてもらった。

「手習いがお開きになるまでは、書き取りをするんだ。とにかく、いつもよりずっと早く終われるように、速く書いて。白太ならできるよ！」

そうやって暗示をかけてもらった。

書き取りをする、速く書くんだと口に出してつぶやくと、鼠小僧のことは頭の中から薄らいだ。こうしておけば、「鼠小僧の策」に気を取られて手が止まることもないはずだ。

この日、淳平と才之介は、龍治先生の後をつけるのに成功した。二人は寅吉さんと一緒に、昼の九つ半（午後一時）頃に手習所に戻ってきた。

それから一刻《いっとき》ほどで、手習いはお開きになった。

白太は初めに順番を決めたおかげでさっさと字を書くことができたので、今日は居残りなしだ。いちばんおしまいまで残って、勇実先生に「粘り強くできたな」と誉められるのも好きだけれど、今日だけは事情が違う。

勇実先生は今日も素早く道具を片づけ、さっと動き出した。

「将太、戸締まりを頼む。それじゃ、皆、気をつけて帰るんだぞ」

久助と良彦が、仲間たちに合図を送った。俺たちも行くぞ、というわけだ。白太も急いで仲間たちの後に従った。

淳平と才之介は、お昼頃に外に出ていたぶんを取り戻さないといけない。今は一緒に行けないけれど、その代わり、淳平が丸めた反故紙《ほごがみ》を久助に投げつけた。

何も知らされていない将太先生には、いつものいたずらのようにしか見えなかっただろう。

でも、これも手筈どおりだ。

久助はにやっと笑って、反故紙を握り締めた。口を大きく動かして、声を出さずに、淳平に告げる。

「後で読むよ」

淳平はうなずいて、手を振った。

手習所を出て、将太先生の目が届かなくなると、仲間たちはぱっと久助のところに集まった。

「淳平は何て書いてる？」

良彦が久助をせっついた。久助は反故紙を開いた。

そこには、龍治先生が於登吉さんと深川で会っていたことと、すみれ屋という料理茶屋の素性《すじょう》と、二人が何を企てているのかが手短に記されていた。

四

久助は、仲間たちの先頭に立って、矢島家の庭を突っ切った。少しだけ後ろを、親友の良彦がついてくる。

矢島家と白瀧家の境には生け垣がある。出入りをするときは、木戸があった場所をくぐり抜ければいい。

先月までは、壊れて開きっぱなしになった木戸がそこにあった。でも、大嵐に吹き飛ばされてしまったようで、一夜明けると、木戸は跡形もなくなっていた。

白瀧家の戸口には、勇実先生と龍治先生、目明かしの山蔵親分、女中のお吉ばあちゃんがいた。千紘姉ちゃんはまだ帰ってきていないようだ。

久助の合図で、仲間たちは用心深く物陰に隠れ、大人たちの様子をうかがった。

「勇実先生と龍治先生は、やっぱり出掛けようとしてるみたいだな。木刀を腰に差してるもん」

久助の言葉に、良彦が首をかしげた。

「勇実先生まで木刀を持っていくって、珍しいんじゃない？　武士の身だしなみだって言って腰に差すのは、いつもなら普通の刀の大小《だいしょう》だよ」

白太がぽつりと言った。

「捕物かも」

ああ、と仲間たちは納得の声を上げた。

去年の夏に鞠千代が悪者にさらわれてしまったとき、勇実先生と龍治先生は木刀を手に、鞠千代を救うために走り回った。

龍治先生の道場では、人を斬るための技を教えているのではない。たとえ悪党の命でも、決してたやすく奪わない。それが信条だ。

だから、捕物のときには、勇実先生も木刀を腰に差す。龍治先生は日頃から、人を斬らない心を示すために、武士らしい身だしなみからは外れていても、木刀を腰に差している。

仲間たちは顔を見合わせた。

「じゃあ、勇実先生たち、これからどこに行くんだろう？」

「また浅草なのか？」

「山蔵親分もいるよね。捕物だからかな？」

勇実先生と龍治先生は真剣な顔でぼそぼそと話をしている。あれは、先生ではないときの話し方だ。手習所でも道場でも、先生としての二人は、大きくて聞き取りやすい声で話すものだ。

いつも見ている勇実先生や龍治先生と、どこか違う。

そう考えると、久助は胸がどきどきと高鳴ってくるのを感じた。隣を見れば、良彦の横顔も少し強張っている。

山蔵親分が、勇実先生と龍治先生に頭を下げた。勇実先生と龍治先生はうなずき合って、門のほうへと歩き出す。

お吉ばあちゃんが二人に声を掛けた。

「行ってらっしゃいまし。どうぞお気をつけて。あんまり遅くならないでくださいませ。千紘お嬢さまが心配しますからね」

勇実先生はちらっと振り返って、わかった、と短く答えた。

二人の姿が門の外に消えると、久助はぱっと物陰から飛び出した。

「お吉ばあちゃん、勇実先生たちはどこに行くんだ？　危ないとこに行くのか？　山蔵親分は留守番？」

矢継ぎ早に問うと、山蔵親分は目を白黒させた。

お吉ばあちゃんが答えてくれた。

「あの二人がどこへ行くのか、いくらお尋ねしても、黙ったまんまですよ。勇実坊ちゃまも龍治坊ちゃまも、山蔵親分もね」

山蔵親分は言い訳をするように告げた。

「あっしは、まだあっちに合流しておりやせんから、詳しいことは知らされてないんで」

丹次郎が耳ざとく、山蔵親分の言葉を拾った。

「まだ？　それじゃあ、これから勇実先生たちと一緒に捕物に行くの？」

「いや、行かせてもらえるかどうかは、岡本の旦那の返事を聞かなけりゃあならねえ」

「やっぱり捕物なんだね。岡達《おかたつ》さまのお仕事の手伝いなんだなあ」

山蔵親分は、眉尻を吊り上げた仏頂面で黙り込んだ。

お吉ばあちゃんが、懐から手紙を取り出した。

「そうそ、忘れるところでした。山蔵親分、これから岡本さまの組屋敷《くみやしき》に行かれるんでしょう？」

「へい、そのつもりで」

「この手紙を岡本さまのところのおえんさんに届けてくださいな。千紘お嬢さまから、おえんさんへ」

「かまいやせんが、千紘お嬢さんは、あのおえんと仲良くしているんですかい？」

あのおえん、という言い方が、何だか妙だった。おえんというのは、よっぽど変な人なのだろうか？　久助は眉をひそめた。

物覚えのいい白太が、あっと声を上げた。たぶん、おえんという人のことを思い出したのだ。そういう顔をしているのだが、驚いた弾みで、言葉がうまく出てこない。

十蔵がきびきびと白太に命じた。

「息を深く吸って、吐いて。赤とんぼって言って」

白太は命じられたとおりに深呼吸をした。あ、あ、あ、と何度か稽古をしてから、言う。

「赤とんぼ」

「よし、声が出た。おえんって誰？」

「勇実先生が、ずっと前に好きだった人。一緒に、朝日稲荷《あさひいなり》で蝶を見たんだって。おえんさんのこと、勇実先生に訊いたら、教えてくれた」

思いがけない話だったから、仲間たちはみんな、ええっと声を上げた。

菊香先生贔屓《びいき》の丹次郎と十蔵は俄然《がぜん》、前のめりになった。

「おいら、おえんさんって人の顔を見てくる。いや、顔だけじゃなくて、どんな人なのか、ちゃんと調べてくるよ。菊香先生を悲しませないために、必要な下調べだ！」

丹次郎が名乗りを上げると、十蔵も自分の胸を叩いてみせた。

「おいらも一緒に行く。気になるもん。そりゃあ、勇実先生も大人だから、昔の恋人がいてもおかしくないけどさ」

かわいい顔をした九つの十蔵が、「昔の恋人」などと、ませたことを口にしたせいだろう。ぽかんとしていた山蔵親分が笑い出した。

「よし、わかった。一緒に千紘お嬢さんの手紙を届けに行くとしよう。八丁堀だぞ。遠いが、ついてこられるな？」

「もちろん！」

丹次郎と十蔵は声を揃えた。

ちょうどそのときだ。生け垣の途切れ目から、田宮心之助さんがこちらへやって来た。

「おや、勇実さんと龍治さんは、もう行ってしまったのか。このところ、二人が水くさいように感じていてね。おまえさんたち、勇実さんや龍治さんがどこで何をしているのか知っているなら、教えてくれないかい？　困っているんだ」

心之助さんは、勇実先生と同い年の大人だ。正宗の飼い主でもある。仕事は、近所の旗本のお坊ちゃんに剣術を教えること。

道場に出入りしている人の中で、心之助さんはいちばん優しい。久助や良彦みたいな町人の子が棒を振り回して剣術ごっこをしていると、「こうやったほうが格好がいいよ」などと気さくに教えてくれる。

良彦は心之助さんを見上げた。

「これからおいらたち、勇実先生と龍治先生を追いかけるんだ。たぶん浅草に行くと思うんだよ。近頃そうやって、ふらっと浅草に行って何もせずに帰ってくることが多いみたい。ね、お吉ばあちゃん」

お吉は真剣そうに目を丸く見開いて、うなずいた。

「寅吉さんに下調べをしてもらったときは、そう言っていましたね。行き先は浅草だと」

心之助さんは、珍しいことに、難しげな顔をした。

「浅草か……」

山蔵親分が眉尻を吊り上げた。

「そういやあ、心さんは浅草新鳥越町でひどい怪我を負わされたんでしたね」

「うん。あれ以来、いくら呑気者《のんきもの》の私でも、浅草は少し苦手になってしまってね。とはいえ、勇実さんと龍治さんが二人だけで浅草に行っているというのも心配だ」

心之助さんは不安そうだ。

久助は仲間たちに目配せし、ひそひそ声で訊いた。

「心之助さんなら、いいかな？」

「いいよ」

仲間たちはうなずいた。

久助は心之助さんの背中をばしんと叩いた。

「俺たちが連れていってあげるよ。勇実先生と龍治先生が浅草で何をやってるか、一緒に調べに行こう！」

心之助さんは、ほっとした顔になった。

「助かるよ。それに、連れていってもらえるなら、私もみんなの役に立てるかもしれないな。もしも行く先で『どうして子供がこんなところにいるんだ？』と問われたら、私がみんなの手習いの師匠ということにしよう。大人を信用させられると思うよ」

そういうわけで、「鼠小僧の策」の仲間たちは、二手に分かれることになった。

久助と良彦と白太が、手筈どおりに勇実先生と龍治先生を追いかける。心之助さんも連れていってあげればちょうどいい。

丹次郎と十蔵が、山蔵親分と一緒に行って、勇実先生の恋人だったという、おえんという人のことを探ってくる。

仲間たちは、ぱっと駆け出した。

五

丹次郎は、少しどきどきしながら歩いていた。丹次郎の家は、冬には炭団を売る仕事をしている。丹次郎も毎年それを手伝うから、ほかの仲間たちよりも、行ったことのある場所が多い。

それでも、八丁堀は初めてだ。

八丁堀というところは、奉行所の与力《よりき》や同心の組屋敷があることで有名だ。岡本達之進さまみたいな定町廻り同心は「八丁堀の旦那」と呼ばれて、町人の間で人気がある。

「まあ、八丁堀に住んでおられるのは、奉行所勤めのおかたばっかりじゃあないんだがな。お城勤めのお侍さんも、八丁堀に屋敷を構えておられる」

山蔵親分は道すがら、丹次郎と十蔵に教えてくれた。

丹次郎は、そのあたりのことならすでに知っている。

「菊香先生も八丁堀に住んでるんだよ。菊香先生の父上さまと弟の貞次郎さんはお城に勤めていて、小十人組《こじゅうにんぐみ》っていうところで仕事をしてるんだって」

十蔵は山蔵親分の袖を引っ張った。

「あの看板、何？　あれはどういう店なの？」

十蔵が指差す先にあるのは、通りに面した長屋だ。長屋は塀の代わりのように、通りと屋敷の庭を隔てて建っている。

山蔵親分は教えてくれた。

「八丁堀のああいう長屋の店子《たなこ》は、医者や戯作者《げさくしゃ》や学者が多いそうだ。あれは戯作者の看板みてえだな」

「字がごちゃごちゃ書かれてて、見づらいな。看板は一目見てわかるようじゃなきゃ駄目なんだぞ」

十蔵が毒づくと、山蔵親分は噴き出した。

丹次郎は、つい言ってしまった。

「山蔵親分って、もっと怖い人だと思ってた。しかめっ面ばっかりで、あんまり笑わないし。寅吉さんからも、山蔵親分は厳しい人だって聞いてたし。でも、しゃべってみたら、怖くないんだね」

「あっしの見てくれが怖いのは本当のことだ。ただ、近頃ちょいと顔つきが変わったってのは、龍治先生からも言われたなあ」

「近頃、何かあったの？」

「赤ん坊が生まれた」

なるほど、と丹次郎も十蔵もうなずいた。

丹次郎には、二つ下の妹を筆頭に、四人もの弟や妹がいる。十蔵は、いちばん上の姉ちゃんが赤ん坊を産んだところだ。二人とも、赤ん坊のお守りがどんなものか、身をもって知っている。

「そりゃあ、山蔵親分も、親分の顔ばっかりはしていられなくなるね」

丹次郎の言葉に、山蔵親分は照れくさそうな苦笑いをした。

「しかし、赤ん坊の顔を見て過ごすばっかりでもいられねえ。そろそろ目明かしの仕事に戻っていいと、かみさんにも言われてるんだ。そのためにな、岡本さまに直談判《じかだんぱん》しようという腹づもりなのさ」

「今日これから？」

「岡本さまとうまく会えりゃあ、今日これからだ」

山蔵親分は慣れた様子で八丁堀の道を歩いていく。

丹次郎は、菊香先生の家はどこだろう、と思った。ばったり会えるんじゃないかな、という期待もあったけれど、残念ながら、菊香先生らしい姿を見掛けることはなかった。

やがて、山蔵親分は一軒の組屋敷の木戸門を指差した。

「あれが岡本さまの屋敷だ」

ちょうどそう言ったとき、岡本さまが門から出てきた。

山蔵親分はすぐに声を掛けようとした。でも、えっと言葉を詰まらせた後、棒立ちになって、固まってしまった。

丹次郎も、山蔵親分がびっくりしたわけを察することができた。

岡本さまが一人ではなかったせいだ。女の人が一緒に木戸門から出てきた。岡本さまは、いつも見掛けるときよりもずっと、顔をくしゃくしゃにした笑い方をしている。

「それじゃあ、行ってくるよ」

きっと岡本さまは、女の人にそうささやいた。離れたところにいる丹次郎たちには、岡本さまの声は聞こえなかったけれど。

丹次郎は、頬がかっと熱くなるのを感じた。岡本さまが、女の人と口吸いをするんじゃないかというほど顔を近づけていたせいだ。

十蔵はけろりとして、山蔵親分の袖を引っ張った。

「あの人、岡達さまのお内儀《かみ》さん?」

山蔵親分は、ぶんぶんと頭を左右に振った。

そうだろう、と丹次郎は思った。だって、岡本さまは独り身のはずだもの。長屋のお隣に住んでいる長唄のお師匠さんが岡本さま贔屓で、あのかたは浮いた話がないのも素敵なんだって、いつも言っているのだ。

じゃあ、あの女の人は誰?

女にしては背が高い。若くはない。丹次郎のおっかさんくらいの年頃に見える。

何にせよ、きれいな人だ。武家のお屋敷の女の人って、奥さまじゃないとしても、きりりとしていて素敵だ。

岡本さまは、丹次郎たちが見ていることに気づかなかった。女の人の頬をふわりと撫でると、颯爽《さっそう》とした足取りで歩き出す。

十蔵がまた山蔵親分の袖を引っ張った。

「岡達さま、お勤めに行っちまうんじゃない？　追っかけて話をしなくていいの？」

山蔵親分は、はっとした。

「こ、こうしちゃいられねえ。よし、直談判だ」

「千絋姉ちゃんの手紙は、おいらと丹次郎で届けておくよ」

十蔵が差し出した手に、山蔵親分は手紙を託した。

「よろしく頼むぞ。おえんってのは、あの人だ」

山蔵親分は、岡本さまの後ろ姿を見送る女の人のほうを指し示した。

丹次郎と十蔵は、思わず顔を見合わせて、叫んでしまった。

「ええっ？」

「どういうこと？」

山蔵親分は、苦虫を嚙み潰したような顔をして、丹次郎と十蔵の肩をぽんぽんと叩いた。

「岡本さまは、悪党から守ってやるために、おえんを女中として雇ったんだ。しかし、さっきのは、ただの女中には見えなかっただろう？　どういうことなのか、あっしも何も聞かされてねえ。おまえさんたち、おえんからわけを聞いてきてくれ」

「う、うん」

「わかった」

「おえんが納得しているんなら、それでいい。いらぬ苦労をしているようなら、岡本さまを諫《いさ》めなけりゃならねえ。おまえさんたちは勘がいい。きっと、おえんが本当のことを言っているかどうか、見抜けるはずだ。頼んだぞ」

丹次郎と十蔵は、力強くうなずいてみせた。

思いがけない仕事を任されてしまったが、大丈夫。きっと大人よりも上手に、おえんさんの話を聞いてきてみせる。

山蔵親分は岡本さまを追いかけて、しかめっ面で走っていった。

丹次郎と十蔵は、岡本さまの組屋敷の木戸門に向き直った。

おえんさんは、丹次郎たちに気づいたようで、「どうしたの？」と言わんばかりに微笑んで小首をかしげた。

その笑顔は、きらきらして見えるくらいにきれいだった。

だから、丹次郎は何となく感じた。きっと心配いらない。今のおえんさんは岡本さまのことが大好きで、この屋敷での暮らしが幸せなんだろうな、と。

六

勇実は龍治と並んで歩いている。目指す先は浅草新鳥越町。かつて火牛党が縄張りとしていたところだ。

あの界隈《かいわい》の賭場で再び火牛党の姿が見られるようになったらしいと、三月《みつき》ほど前に琢馬から知らされた。それ以来、勇実は岡本にも相談し、龍治と一緒にときどき浅草のほうへ足を延ばしていた。

それらしい者たちを見掛けたのは、半月ほど前のことだ。

ごろつきどもが、親玉とおぼしき男にぺこぺこと腰を折っていた。その親玉が袖を抜いて肌脱ぎになったとき、肩のあたりに赤い彫物が見えた。

琢馬の話によると、火牛党の生き残りとおぼしき者は、それとわかる彫物を腕に施しているという。もしも勇実がちらりと目にした赤い彫物が、例えば角に松明《たいまつ》を括りつけた牛の顔の図柄だったとしたら、間違いない。

ただし、確かなことはまだ一つもわかっていなかった。相談しようにも、目明かしの山蔵は赤ん坊のことで手いっぱいだ。もしあの彫物が本物だとしたらと考えると、ほかの誰かに打ち明けるのもはばかられる。

結局、勇実と龍治は二人で動くことにした。今日で何度目の探索になるだろうか。

両国広小路から浅草御門《ごもん》の橋を渡り、通りを北へ向かう。本所とはまるで様子が違う、門前町のにぎわいへと歩を進めながら、龍治が冗談めかして言った。

「いつものとおり、日が落ちる前には帰らねえとな。あらぬ疑いを持たれちまう」

「それは龍治さんだけだろう？」

「おや、俺をいじめていいのかな？　先月、勇実さんが菊香さんと二人で船宿に泊まったって話、俺はちゃんと秘密にしてやってるんだぜ？」

「その話はよしてくれ。やましいことは何ひとつしていないのに、気まずくて仕方がない」

近頃、少しずつ昼が短くなってきたのを感じる。足下に伸びる影はすでに長い。

浅草界隈は、御用地や武家屋敷や町人地、寺社の敷地や門前町の遊興の場などが複雑に入りまじっている。狭い路地の奥に何があるやら、あまりこの界隈に足を運ばない勇実は不案内だ。

前に火牛党の生き残りらしき男を見たのは、待乳山聖天《まっちやましょうでん》のお膝元の道を北へ歩いている最中だった。茶屋や下駄屋がそろそろ店じまいをしようとしている。あのときと同じ道へ、そのときとおよそ同じ刻限に、勇実と龍治は踏み入った。

ふと。

勇実は、聞き覚えのある声を聞いた気がした。やめろ、と叫ぶ声だ。

「久助？」

ぱっと振り返る。龍治が木刀の柄《つか》を握るのも同時だった。

「子供の声だったな。久助かどうかはわからねえが」

勇実と龍治は目配せを交わした。うなずくのを合図に、来た道を駆け戻る。角を折れると、とんでもない光景が目に飛び込んできた。

久助と良彦が、へたり込んだ白太を庇って立っている。その三人を、心之助がまとめて庇って立ち、木刀をごろつきどものほうへ向けている。

勇実は、心の臓が縮み上がる思いがした。

「私の筆子たちから離れろ！」

吠えるような大声を、ごろつきどもに叩きつける。

ごろつきどもは全部で六人。下っ端《したっぱ》五人を率いているのは、少し離れたところにたたずんでいる大柄な男だろう。眼帯をつけており、駆け寄る勇実には、男の横顔の表情がうかがえない。

下っ端どもは心之助に刃物を向けながら、勇実と龍治をいまいましげに睨んでいる。

龍治が急に笑い出した。

「二度あることは三度あるってやつか。品川の若獅子だっけ？　またまた会ったな」

龍治の木刀の切っ先が、熊のような大男にまっすぐ向けられた。熊の両脇には、狸の置物のような男と、狐面《きつねめん》のような顔の男がいる。

心之助が肩で息をした。

「助太刀、感謝するよ。あの者たちは龍さんの知り合いなのか？」

「名前も知らねえや。あいつらに絡まれた人を助けに入るのが、これで三度目ってだけさ」

「前の二度は優しく逃がしてやったわけだね」

「仏の顔も三度ってことで、こたびは叩きのめして番所《ばんしょ》に引っ張っていくつもりだけどな。いや、一応、今ここで何が起こっているのか、確かめておこうか」

勇実は、龍治と心之助よりも一歩前に進み出た。油断なく木刀を構え、問う。

「私の筆子に害を加えたのはどいつだ？」

ごろつきどもの中でいちばん若そうな男が、へらへら笑って長《なが》ドスを振りかぶった。

「あの餓鬼がのろのろしていたんで、すれ違うときにぶつかっちまったんだよ。あんた、餓鬼の師匠なら、人とぶつかったときにどうすりゃいいか教えてやっとけよな」

久助が、かすれがちな声で叫んだ。

「白太はちゃんと、ごめんなさいって謝っただろ！」

長ドスの男は下品な笑い声を上げた。

「そんだけで済むと思ってんのか？　誠意を見せろってんだ。餓鬼でも小遣いくらい持ってんだろ？」

勇実は、しまいまで聞く気にもならなかった。体がかっと燃えたと思うと、もう動いていた。鋭く突き出した木刀で長ドスを弾き飛ばす。

あっ、と驚いた顔をしたごろつきは、次の瞬間、木刀による袈裟《けさ》斬りを食らって倒れ伏した。勇実は、敵の鎖骨《さこつ》を折った手応えを鮮烈に感じた。

龍治は気迫の声と共に、熊のような大男めがけて突進した。身を低く沈め、熊の膝をしたたかに打つ。その一打で、熊は絶叫してひっくり返った。膝の皿が砕けたに違いない。

心之助は、匕首《あいくち》を構えた狸似の男を、危なげなく迎え撃った。ぱん、と軽やかな音を立てて面を食らわせると、狸は一言もなく昏倒《こんとう》した。

「加減はしたよ。悪党でも死なせはしない。とはいえ、火牛党の手の者だとしたら、赦《ゆる》すつもりもないけれどね」

心之助は静かに言った。

火牛党の名を聞かせた途端、眼帯の男の気配が変わった。関心のない様子で眺めていたのが一転し、片方だけの目をぎらりと光らせたのだ。

龍治が狐似の男を膝蹴りで沈め、勇実が最後の一人を地に押さえ込んだ。

眼帯の男は黙ってきびすを返した。肌脱ぎにした右肩がちらりと見えた。そこに赤っぽい彫物があるのも、確かに見えた。

勇実は、はっと息を呑んだ。龍治が「待て!」と叫ぶ。

眼帯の男は立ち止まらず、路地の奥に消えた。心之助がとっさに走って追ったが、すぐに戻ってきた。

「うまく逃げられてしまった。このあたりに不案内な私たちでは、どうしようもないね」

龍治は襷紐《たすきひも》で狐似の男を縛り上げながら、悔しげに顔を歪めた。

「肩の彫物で、火牛党かどうかわかるかもしれなかったんだ。さっきの男の彫物、俺の場所からじゃ、よく見えなかった」

勇実はうなずいた。

「私もだ。赤い色がちらっと目に留まったが」

白太がおずおずと手を挙げた。

「見えたよ。おいら、あの柄、描ける」

久助と良彦が跳び上がって喜んだ。

「すげえぞ、白太!」

「こっちを見張る役を選んで、ちょうどよかったな!」

勇実は眉をひそめた。

「見張る役?　私を見張っていたのか?」

久助も良彦も白太も、しまったという顔をして口を押さえた。が、もう遅い。

龍治も、ごろつきどもを手際よく縛り上げながら、しかめっ面をした。

「ひょっとして、俺が昼に深川に行ったときも、筆子が見張りに来てたのか？　淳平と才之介に似た子供を見掛けたんだが、まさかあんな刻限に深川にいるはずもないと思って、確かめなかったんだけど」

心之助が苦笑して、筆子たちを庇うように立った。

「いろいろとわけがあるんだ。話せば長くなる。今日のところは、私が三人を家まで送り届けるよ。お小言《こごと》は明日にして、まずはごろつきどもをどうにかしないと」

気がつけば、野次馬が遠巻きにこちらの様子をうかがっている。

はしこい久助と良彦が心之助を両側からつかまえて、野次馬たちのところへ、事情を説明に行った。

「おいらたちが悪党にいじめられそうになったのを、手習いのお師匠さまたちが助けてくれたんだ！」

「この近くの番所はどこ？　誰か、目明かしの親分を呼んできてよ。悪いやつらを野放しにしておけないだろ？」

一人残った白太は、渋面の勇実を上目遣いに見ると、ぺこりと頭を下げた。

「勝手なことして、ごめんなさい」

勇実は龍治と苦笑を交わし、白太の頭をぽんぽんと撫でた。

翌朝、白太が持ってきたのは、眼帯の男の腕に彫られていた意匠《いしょう》の絵だった。祖父に絵具を使う許しをもらったそうで、彩色《さいしき》が施されていた。

角と尾が炎に包まれた牛の絵だ。

勇実は白太に尋ねた。

「この絵を預かっていてもいいか？」

白太はこっくりとうなずいた。

「三枚描いたから、全部、勇実先生にあげる。捕物に使うんでしょ？　おいら、役に立った？」

「ああ、役に立ったとも。立派な仕事をしてくれた。まずは岡本さまにこの絵を見せる。そしたら、岡本さまが白太に絵のお代をくださるはずだ」

さて、白太の見事な仕事ぶりはよしとして、これはこれ、それはそれである。

勇実は「鼠小僧の策」の仲間だと名乗り出た七人に向き直った。少し暑苦しいが、朝一番の手習所を閉め切り、ほかの筆子を庭で待たせている。

筆子たちのほかには、龍治と寅吉と心之助が同席している。寅吉と心之助からは「筆子たちをあまり責めないでやってほしい」と言われている。於登吉やおえんからも、似たような文面の手紙が届いた。

しかし勇実はことさら厳《いか》めしい顔をしてみせ、筆子たちに問いかけた。

「昨日一日を使って、私と龍治さんの身辺《しんぺん》を探っていたようだが、何か怪しいものが出てきたか？」

筆子たちは皆、かぶりを振った。

まず淳平が口を開いた。

「でも、ちゃんと調べたから、勇実先生と龍治先生が悪いことをしていないってわかったんです。二人が隠し事をしていたせいで、ひょっとしたら千紘姉ちゃんや菊香先生が傷つけられているんじゃないかと、私たちは心配していたんですよ」

才之介がうなずいた。

「龍治先生が深川の於登吉さんと会ってるのを見て、浮気かなって思った」

「浮気なんかしてねえよ」

思わずといった様子で、龍治は口を挟んだ。寅吉と心之助がちょっと笑った。

淳平が言った。

「龍治先生は、於登吉さんとも相談して、与一郎先生と珠代おばさんを料理茶屋すみれ屋に招待する手筈を整えていたんですよね。珠代おばさんは、本当は箱根温泉の旅に行きたがっていた。でも、行けなかったから」

龍治は、ばつが悪そうに頭を掻いて弁明した。

「もとはと言えば、親父に持ち掛けられた話なんだよ。おふくろが箱根に行きたがってたっていうより、親父が連れていきたがってたんだ。だから、箱根の代わりと言っちゃあなんだけど、深川で評判の料理茶屋はどうだろうかって」

その話なら、もちろん勇実も聞いている。一緒に深川のすみれ屋まで相談に行ったこともある。

「珠代おばさんを喜ばせるために、於登吉さんに歌ってもらう話がついている。すみれ屋と於登吉さん、双方と相談しやすいのが昼頃だから、龍治さんは何度か道場を抜け出して深川に通っていた。もちろん、与一郎先生も許していることだ」

「そういうことだよ。内緒にしてたのは、おふくろに知られたくないって親父が言ったからだ。そのせいで、俺があらぬ疑いをかけられるとはな」

龍治は拗《す》ねた顔をしてみせたが、笑いをこらえきれていない。

次に、丹次郎と十蔵だ。山蔵と一緒に八丁堀まで出掛け、おえんと会って話をしてきたという。

十蔵はあっけらかんとして言ってのけた。

「おえんさんは、勇実先生の昔の恋人だけど、今は同心の岡達さまのことがいちばん好きなんだって。おいらが見たところ、岡達さまとおえんさんは、祝言を挙げたばっかりの夫婦そのものだったね」

これについては、寅吉と心之助も初耳だったようだ。おお、と声を漏らした。

勇実は咳払いをしてごまかした。昨日、おえん自身の手紙でそんなふうに知らされていたので、衝撃は軽い。おえんの手紙は、岡本家の小者《こもの》である老爺《ろうや》が届けてくれた。丹次郎と十蔵を各々《おのおの》の家まで送ったのも、その老爺だった。

丹次郎はおもしろがる表情で、勇実の顔色をうかがっている。

「おいらたち、勇実先生に恋人がいたことがあるって知らなかったから、おえんさんに会って話をすることにしたんだ。そしたら、山蔵親分にも、岡本さまとおえんさんの仲について話を聞いてほしいって頼まれたの」

岡本がおえんを屋敷に雇ったのは、火牛党の報復から守ってやるためだった。

それなのに、岡本がおえんに手を出したとなると、町で人気の「八丁堀の旦那」としてはいささか体面が悪い。

おえんの手紙や丹次郎たちの知らせを信じるなら、「手を出した」などという、いかがわしい感じではないようだ。それでも世間はおもしろおかしい噂を流したがるかもしれないが、勇実としては、おえんが傷ついていないのならそれでいい。

昨日の「鼠小僧の策」の中で最も危うい目に遭ったのは、久助と良彦と白太だ。

せめてもの幸いだったのは、寅吉が前もって心之助に手助けを求めていたことである。寅吉は、勇実と龍治に知らせることも考えたそうだが、心之助やお吉やお光と相談し、黙っていることに決めた。

まさかちょうど「鼠小僧の策」の日に、火牛党の生き残りと出くわしてしまうとは、誰も思い描いていなかった。

勇実はこめかみを指でつついた。ため息を一つ。

「こたびは、誰も怪我をせずに済んでよかった。誰も迷子《まいご》にならずに済んでよかった。だが、いつもこういう策がうまくいくとは思わないでほしい。私は、おまえたちが無茶をしたと知ったとき、本当に肝が冷えたよ」

筆子たちは互いに顔を見合わせた。

きっと、示し合わせていたのだろう。七人は一斉に頭を下げた。

「ごめんなさい」

「鼠小僧に憧れる気持ちはわかる。だが、できれば、私や龍治さんに隠し事をしないでほしいな。調べたいことがあるなら、力を貸すから」

筆子たちは、ぱっと顔を上げた。思いがけず、神妙な顔をしている。

久助が皆に代わって言った。

「そんなら、勇実先生も龍治先生も、約束してよ。おいらたちに隠し事をしないこと。それから、千紘姉ちゃんや菊香先生を悲しませないこと」

勇実は背筋を伸ばした。

「わかった」

龍治も「約束するよ」と言った。

良彦が龍治に人差し指を突きつけた。

「龍治先生、もしもまた千紘姉ちゃんを怒らせたり泣かせたりしたら、おいらたち黙ってないからな。今は子供だけど、大人になったら、龍治先生よりいい男になって、千紘姉ちゃんを迎えに行ってやる」

「そいつは困るな。泣かせてまではいないと思うが、俺も千紘さんに見切りをつけられたりしないように、せっせと男を磨くとするか」

龍治は、閉ざした障子のほうへ目を向けた。

朝の日差しを受けて、障子の向こうで聞き耳を立てる者たちの影が、勇実たちにも見えている。

その影のうちの一つが、龍治のまなざしに慌てたそぶりで障子から離れた。からころと、涼しい音を立てて下駄が鳴る。

勇実はつい笑いを誘われた。そして、障子の向こうの筆子たちに声を掛けた。

「よし、そろそろ今日の手習いを始めるぞ。入ってこい」

わあっという歓声とともに障子が開かれた。

平穏でにぎやかな秋の一日が、こうして始まった。

この作品は双葉文庫のために書き下ろされました。

双葉文庫

は-38-08

拙者《せつしや》、妹《いもうと》がおりまして❽

2023年1月15日　第1刷発行

【著者】
馳月《はせつき》基《もと》矢《や》

【発行者】
箕浦克史
【発行所】
株式会社双葉社
〒162-8540 東京都新宿区東五軒町3番28号
［電話］03-5261-4818(営業部)　03-5261-4833(編集部)
www.futabasha.co.jp(双葉社の書籍・コミックが買えます)
【印刷所】
中央精版印刷株式会社
【製本所】
中央精版印刷株式会社

【フォーマット・デザイン】
日下潤一

ISBN978-4-575-67145-2 C0193
Printed in Japan

築山 桂
緒方洪庵 浪華の事件帳〈新装版〉
禁書売り
長編時代小説

適塾を開き明治維新の立役者を数多く育てた緒方洪庵がまだ緒方章（あきら）だった若き頃。章は大坂の町で数々の難事件にでくわす。

築山 桂
緒方洪庵 浪華の事件帳〈新装版〉
北前船始末
長編時代小説

四天王寺の由緒ある楽人であり、陰で大坂の町を守る男装の麗人、東儀左近。北前船が運んできた欲得尽くの奸計に左近と章が立ち向かう。

築山 桂
左近 浪華の事件帳〈新装版〉
遠き祈り
長編時代小説

舞台化され人気を博した「緒方洪庵 浪華の事件帳」の姉妹編を熱いご要望にお応えして全二作復刻刊行！ シリーズ第1弾！

築山 桂
左近 浪華の事件帳〈新装版〉
闇の射手
長編時代小説

大坂の町を陰で守り続けてきた〈在天別流〉の姫、強く美しい東儀左近の活躍譚第2弾！ 難事件と重大事実を前に、左近の心は揺れる。

築山 桂
左近 浪華の事件帳
影の泣く声
長編時代小説〈書き下ろし〉

四天王寺で左近は見知らぬ女性にすがりつかれる。大坂の守り神として、息子を轢き殺された無念を晴らしてほしいと。シリーズ第3弾！

築山 桂
左近 浪華の事件帳
眠れる名刀
長編時代小説〈書き下ろし〉

名刀「小竜景光」が奪われ、持ち主の庄屋は惨殺された。大坂を守る〈在天別流〉の姫・左近が賊を追う。快刀乱麻のシリーズ第4弾！

築山 桂
家請人克次事件帖〈新装版〉
夏しぐれ
長編時代小説

江戸の困窮者を助ける庶民のヒーロー、それが家請人。住み処を確保できない訳ありの者たちを信じて保証する。傑作が新装版で登場！

築山 桂　**冬の舟影**　家請人克次事件帖〈新装版〉　長編時代小説

江戸の町で続けざまに幼い娘のかどわかしが起きていた。心根やさしき元十手持ちの克次は、兄妹の絆に胸を打たれ、探索に乗り出す。

築山 桂　**春告げ鳥**　家請人克次事件帖〈新装版〉　長編時代小説

在方から江戸に出て懸命に働き、船宿の主となった男が妻子を残して首をくくった。その死を怪しみ、克次が追ったその先には。

築山 桂　**秋草の花**　家請人克次事件帖〈新装版〉　長編時代小説

克次の手下だった安五郎らが襲われ、かつての捕り物に恨みを持つ者の仕業と思われた。克次は同心に願い出て、捕物に加わる。

槙《まき》あおい　**白星にぎり**　神田まないたお勝手帖　あったか時代小説〈書き下ろし〉

飯屋「まないた」を父と切り盛りするおはる。あれこれ悩むたちだけど、亡き母に誓う明るい看板娘！ ほっこり新シリーズ！

槙《まき》あおい　**花火がつお**　神田まないたお勝手帖　あったか時代小説〈書き下ろし〉

神田で評判の料理屋「まないた」。隣の又兵衛が、初鰹を受け取らないわけを知ったおはるは――。美味しい人情シリーズ、待望の第2弾！

槙《まき》あおい　**棚ぼたん鍋**　神田まないたお勝手帖　あったか時代小説〈書き下ろし〉

神田の飯屋を切り盛りしているおはる。ついに父と「親方と弟子」の関係になる時が来た。あたたかい長編時代小説、シリーズ第3弾！

槙《まき》あおい　**八重ちらし**　神田まないたお勝手帖　あったか時代小説〈書き下ろし〉

おはるは女性に受ける料理を思いつく。店も父の病も持ち直してほしい。そしておはるの人生に大きな変化の気配が……感動を呼ぶ最終巻！